不埋没一本好书，不错过一个爱书人

七楼书店

汪曾祺
文库本

⑩

写信
即是练笔

汪曾祺 — 著

杨早 — 主编

金城出版社
GOLD WALL PRESS

·北京·

图书在版编目（CIP）数据

写信即是练笔/汪曾祺著；杨早主编. —北京：
金城出版社有限公司，2024.3
（汪曾祺文库本）
ISBN 978-7-5155-2501-3

Ⅰ.①写… Ⅱ.①汪… ②杨… Ⅲ.①书信集—中国
—当代 Ⅳ.①I267.5

中国国家版本馆CIP数据核字（2023）第156105号

汪曾祺文库本：写信即是练笔
WANGZENGQI WENKUBEN: XIEXIN JISHI LIANBI

作　　者	汪曾祺
主　　编	杨　早
责任编辑	杨　超
责任校对	欧阳云
责任印制	李仕杰
开　　本	880毫米×1280毫米　1/64
印　　张	5
字　　数	113千字
版　　次	2024年3月第1版
印　　次	2024年3月第1次印刷
印　　刷	文畅阁印刷有限公司
书　　号	ISBN 978-7-5155-2501-3
定　　价	38.00元

出版发行	金城出版社有限公司 北京市朝阳区利泽东二路3号
	邮政编码：　100102
发行部	（010）84254364
编辑部	（010）64214534
总编室	（010）64228516
网　　址	http://www.jccb.com.cn
电子邮箱	jinchengchuban@163.com
法律顾问	北京植德律师事务所　（电话）18911105819

写信
即是练笔

汪曾祺 —— 著

杨早 —— 主编

金城出版社
GOLD WALL PRESS

出版说明

文库本是源自德国、日本的一种图书出版形式，一般为平装64开，以开本小、易于携带、方便阅读、定价低为主要特点，如日本著名的"岩波文库""新潮文库"等，一般在精装单行本之后发行。能够出版文库本，意味着作品已经深受读者欢迎，出版方希望让更多的人以更简便的方式获得。

汪曾祺的作品非常适合做成文库本。不仅因为其篇幅短小、读者众多，也因为文库本的形式更契合汪曾祺文字闲适、淡雅的气质。

读者现在看到的，便是汪曾祺先生自1949年出版第一本书（小说集《邂逅集》）以来的第一个文库本。

据2020年出版的《汪曾祺全集》统计，汪曾祺一生写下约250万字的作品，以散文（包含随笔、小品文、文艺理论）、小说为主，另有戏剧、诗歌、书信等。文库本分10册，编为小说3册、散文5册、戏剧1册、书信1册，基本涵盖了所有体裁。

汪曾祺的小说共有162篇，约70万字。文库本编入47篇近22万字，辑为第1册《异秉》（早期作品：1940—1962年创作）、第2册《受戒》（中期作品：1979—1986年创作）、第3册《聊斋新义》（晚期作品：1987—1997年创作）。

汪曾祺的散文共有550余篇，约120万字。文库本编入116篇近33万字，辑为第4册《人间草木》（谈草木虫鱼鸟兽）、第5册《人间至味》（谈吃）、第6册《山河故人》（忆师友）、第7册《桃花源记》（游记）、第8册

《自报家门》（说自己）。

汪曾祺的戏剧有19部，约33万字。文库本编入3部近7万字，辑为第9册《沙家浜》。

汪曾祺的书信有293封，约16万字。文库本编入63封近8万字，辑为第10册《写信即是练笔》。

本书使用的文本，以初版本或作者改订本为底本，参校初刊本、作者手稿及手校本等。原文缺字以□代替；可明确的底本误植，由编者径改；底本与他本相抵牾者皆采用现行规范用法。正文中作者原注和编者注均以脚注形式标在当页，编者所做的必要注释以"编者注"字样标出。原文末尾作者未标出写作时间的，统一补充写作或初刊、初版时间。

本书全部文本由李建新审订，他对汪曾祺作品的校勘工作获得了汪先生家人与研究界的普遍认可。

汪曾祺文库本不求面面俱到，不照顾研究

需要，所愿者，是将汪先生最精彩的文本，最适合随时随处阅读的文字，以最适当的篇幅、形式呈现给读者。汪先生曾有言：短，是对现代读者的尊重。文如此，书亦如此。

序言

　　汪曾祺不是很在意自己的信件存留，就跟他对自己作品的原稿态度一样。据说90年代有了复印机，汪曾祺还喜欢把原稿寄给报刊，自己留着复印稿——复印纸又光又重，多高级呀。

　　因此，汪曾祺信函留存最多的，收信人有四位。一位是他太太施松卿，汪曾祺1987年出访美国三个多月，往家里写的信可不少，有些后来直接就改成了小品文发表。书信里多有记录在美行程，与各国作家的交往，与港台出版商的联系，等等。对于老老实实随遇而安一辈子的老汪来说，是难得的一段奇遇。

第二位是好友朱德熙。朱德熙是语言学家，曾任北京大学副校长。他俩的交情可不一般。汪曾祺在昆明最潦倒的时候，朱德熙会卖英汉字典请他吃早餐；朱德熙相亲，汪曾祺陪他去见老丈人；复员回到上海找不到工作，就在朱德熙家打地铺，治牙的钱也是问朱伯母借的；20世纪70年代末期汪曾祺被"挂起来"，无事可做，闲来写点小说散文，女儿汪朝说这些东西世上只有三个读者：朱伯伯、李伯伯（李荣，中国社科院语言所研究员，也是联大同学）、汪朗！汪曾祺与朱德熙的通信，除了谈论学问，涉及古代语言与生活，还有报告近况，包括学了什么菜、买到什么时鲜物。二人友情终生不渝。1992年朱德熙病逝于美国，汪曾祺某日深夜画画，突然号啕大哭。画题"遥寄德熙"，下款"泪不能禁"。

还有一位是在高邮的中学同学朱奎元。后来朱奎元到国外经商，国内少人知。但朱奎元保留着汪曾祺在昆明时给他的全部通信——汪曾祺在昆明不知道写过多少封信，但除去寄朱奎元的，一无存留。更重要的是，年轻时才华横溢的汪曾祺在这些信里无所不谈：失恋心情、地方景物、工作前途……这些信是理解青年汪曾祺成长之路的绝佳材料。

最后一位收信颇多的，是汪曾祺的妹妹汪丽纹、妹夫金家渝。汪曾祺离家42年，从1981年至去世，曾三次回高邮。其间与弟弟汪海珊、妹妹妹夫通信不辍。尤其金家渝是医生，在高邮办事比较方便。汪曾祺写信给他们，除了家人之间常叙寒温，大致有两桩事，一是托他们搜集高邮的材料与人事，汪曾祺一直想以故乡高邮为题材，写一部长篇小说；二是托他们代表汪家向高邮政府索回一部分旧屋。汪曾祺很希望能回乡住上一阵，躲避北京的喧嚣热闹，静静地写一批东西。在1993年致时任高邮市长戎文凤的短函中，汪曾祺说得十分动情：

曾祺老矣，犹冀有机会回乡，写一点有关家乡的作品，希望能有一枝之栖。区区愿望，竟如此难偿乎？

但这个愿望就是没能实现。我们只能想象：如果汪曾祺能回高邮潜心创作，我们还能看到什么样的变化与境界。

除了上述较成系列的信函，汪曾祺其他信件，如致沈从文、巴金等师长，黄裳、黄永玉等友人（他们与汪曾祺曾被称为"上海滩三杰"），均或长或短，同见风致。民国文人对待写信的态度，大抵是"写信即是练笔"。如果汪曾祺能将所有信件像老师沈从文那样留底，只怕全集还要膨胀个六七八卷。

至于选入两封致笔者叔祖杨汝纲的信，并非夹带私货。杨汝纲是汪曾祺的表弟，小他十岁。虽然早早搬离高邮去了南京与重庆，杨汝纲一直留意这位表哥才子的创作，40年代就是

《邂逅集》作品的忠实读者。1983年两人恢复通信。杨汝绢既是诗人，生长环境又与汪曾祺相同，自是更能理解这位表哥笔下的高邮风物。不避嫌疑选此两信，希望能呈现出跟别的朋友、研究者不一样的讨论视角。

杨早

2023年3月

目录

写信即是练笔

董其昌《画禅室随笔·评法书》载："吾乡陆俨山先生作书，虽率尔应酬，皆不苟且。常曰：即此便是写字，时须用敬也。吾每服膺斯言，而作书不能不拣择。或闲窗游戏，都有著精神处，惟应酬作答，皆率易苟完，此最是病。今后遇笔研便当起矜庄想。古人无一笔不怕千载后人指摘，故能成名。"又载："吾乡陆宫詹，以书名家，虽率尔作应酬字，俱不苟且，曰：即此便是学字，何得放过。"

此陆宫詹大概就是陆俨山。他的字我没看见过，据说是学李北海的，但是他的话我却觉得很有道理。他说的是写字，我觉得作文章也应该是这样。随便写一封信，写一个便条，在文字上都不能马虎，"遇笔研便当起矜庄想"。这要养成习惯。古人的许多散文的名篇，原来也都是信。鲁迅书信都写得很有风致，具有很大的可读性。曾见叶圣老写给别人的信，工整干净，每一字句都是经过斟酌的。我有时收到青年作家的信，字迹潦草，标点符号漫不经心，分不清是逗号、顿号还是句号。"此最是病。"写信如此，写作品就能认真么？

美国家书

870831　致施松卿[1]

松卿：

　　我安抵香港，住在三联书店的招待所。明日上午九时飞往东京。在东京要待一个小时，然后换机往芝加哥。在芝加哥还得换一次飞机。

　　身体情况良好。每天都有人请客，但肠胃正常。睡眠亦好。香港人都说我身体好。

　　到港当日，即买了一块CITIZEN石英表，

1　书信前编号为写信时间，"870831"意为1987年8月31日，时间不确定的，用□示意，余同。施松卿（一九一八—一九九八），福建长乐人，作者夫人，新华社对外部特稿组高级记者。——编者注（全书注释如无特殊说明均为编者注）

275港元。是三联一女士陪我去买的。香港店铺是可以还价的。这是用《大公报》的稿费买的。《大公报》稿费不高，七篇才给了360元。彩电加录像机，一套大概需港币5000元左右。可以在国内提货。等我回国经港时再买吧。不过古华说国内无磁带，买录像机等于一个摆设。到美国后在信中再商议此事吧。

世界导游中国卷等我将回国时再托人买。

香港正在季尾清货大减价，但我什么也没有买。回来再说吧。

台湾一出版社翻印了《汪曾祺短篇小说选》（尚未出书）。台湾现在大开放，说不定我近年会到台湾逛一趟。

有人请我们饮茶，先写到这里。

问全家好！

曾祺

八月三十一日

870902 致施松卿

松卿：

现在是美国时间五点二十。我已经起来了一会儿。昨晚十二时入睡，很快就睡着了，但一点、四点各醒一次。到五点，睡不着了，就干脆起来，倒也不难受，好像已经睡够了。所谓时差，大概就是这样。有人说会昏昏沉沉的，我没有此种感觉。

到了美国，我的第一感觉，是我绝对有把握活着回去，而且会活得很愉快。

昨天刚到爱荷华，洗了一个脸，即赴聂华苓家的便宴——美国火锅。喝了两大杯苏格兰威士忌。邵燕祥担心我喝酒成问题。问题不大。昨天宴后，就给我装了一瓶威士忌回来。
聂华苓一家对人都很亲切。安格尔[1]是个非常
有趣的祖父。他把《纽约时报》杂志我的全版
大照片翻印了好几份，逢人就吹：这样的作家
我们不请还请谁？聂华苓的女儿、女婿，都极
好。我跟聂华苓说：我在你们家不感觉这是美
国。真是这样。非常自由、随便，大家都很机
智，但谁也不卖弄。我开始觉得美国是个很可
爱的国家。这里充满生活的气味，人的气味。

　　美国的生活节奏并不是那么紧张，不像香
港。芝加哥机场给人一种有条有理、安安静静
的感觉。爱荷华是个农业州，到处是碧绿的。
爱荷华更是这样。全城居民六万，有三万是大
学生……

1　安格尔即保罗·安格尔（Paul Engle，一九〇八—
　　一九九一），美国人。聂华苓的丈夫。诗人，"国
　　际写作计划"主持者之一，时任教于爱荷华大学。

在东京、在芝加哥，我觉得公务人员不但都尽忠职守，而且态度平和，对人关心。我们到芝加哥，要改乘联合航空公司的飞机到西丽碧斯，手续本来是很麻烦的，但我用极其蹩脚的英语，居然问明白了。每一个人都很耐心地教给你怎么办，怎么走……

生活条件很好。住五月花（Mayflower）公寓八楼30D，很干净，无噪音。美国的煤气灶是不用点火的，一拧就着。你告诉仇乃华[1]，一定要带菜刀、擀面杖、一口小中国锅及铲子。邵燕祥不会做饭，瞎凑合。我昨天检查了一下炊具，不够。聂华苓昨天给了我们一口小锅，一口较深的平底锅，可以对付。另外，稿纸带少了。可以写一点东西的。至少可以写一点札记，回去再整理。我写回去的信最好保存，留点资料。

---

1 仇乃华，施松卿带过的研究生。

施叔青想看看对我的评论。她九月到北京，说要去找你。你找几篇比较重要的给她看看；她会复印的。

施叔青访问我很长时间，差不多有八个小时。她要给台湾《联合报》写一篇稿，附我一篇小说。我让她发表《八千岁》。——她要长一点，好给我多弄点稿费。台湾稿费付美金。

台湾已经出了我的短篇小说选。台湾要大量出大陆的书。但不能由台湾出版社和大陆作家发生关系，必须有一个香港代理人。由作家写一委托书。代理人持此委托书方能和台湾出版社订合同。台湾当局强调，必须有合同，而且必须给稿费——版税。香港《良友》杂志的古剑要求当我的代理人，我已同意。他当然会收一些佣金的。

董秀玉要去我的集子，大概只能在香港出版。三联的稿费不高。管他呢，反正我已经给她了。我这才知道，很多作家对稿费计算是非常精明的。

爱荷华的气候与北京近似，现在只要穿短袖衬衣。但很爽，身上不黏。

听聂华苓的意思，我们的生活费用，可能还要提高一点。九月中，要举行Program的二十周年纪念，她请了王蒙、刘宾雁、吴祖光。

给聂华苓的画及对联昨已交去，安格尔一看画，就大叫"Very delicate！"

在港听说，《文艺报》近发表一篇文章，把当代中国小说分为四大流派。这篇东西在国外反响颇大。据说有一派是寻根派，把我放在首位。这篇文章你们看到没有？

卉卉好吗？过些日子给我寄一张照片来。

九月二日

870904　致施松卿

松卿：

上次的信超重了，贴了两份邮票。美国邮资国内二十二分，国外四十四分，一律是航空，无平信。

我们九月份的安排，除了开幕的Party，看两次节目，每天有人教英语（我不参加），有五个题目的座谈（每个题目座谈约三次）。聂华苓希望我们参加两个题目："我的创作生涯"和"美国印象"。"创作生涯"我不想照稿子讲，只想讲一个问题："作家的社会责任感"。昨天这里中国学生会的会长（他在这里读博士）来看我，我和他把大体内容说了说，他认为很好。"美国印象"座谈时间较靠后，等看看再准备。

我们在这里生活很方便，Program派了一个中国留学生（他本已在北京国际关系学院任教）赵成才照顾我们，兼当翻译。他是Program的雇用人员。

每星期四由Program派车送我们去购买食物。开车的是台湾人，普通话讲得很好。他对我和古华的印象很好，对赵成才说，想不到这样大的作家，一点架子都没有！这里有一个Eagle食品商店，什么都有。蔬菜极新鲜。只是葱蒜皆缺辣味。肉类收拾得很干净，不贵。猪肉不香，鸡蛋炒着吃也不香。鸡据说怎么做也不好吃。我不信。我想做一次香酥鸡请留学生们尝尝。韩国人的铺子里的确什么作料都有，"生抽王"、镇江醋、花椒、大料都有。甚至还有四川豆瓣酱和酱豆腐（都是台湾出的）。豆腐……白、细、嫩而不易碎……

今天有几个留学生请我们吃饭，包饺子。

他们都不会做菜，要请我掌勺。他们想吃鱼香肉丝，那好办。不过美国猪肉太瘦，一点肥的都没有。猪肉馅据说有带15%肥的。我嘱咐他们包饺子一定要有一点肥的。

我大概免不了要到聂华苓家做一次饭，她已经约请了我。

昨天我已经做了两顿饭，一顿面条（美国的挂面很好），一顿米饭——炒荷兰豆、豆腐汤。以后是我做菜，古华洗菜、洗碗。

我们十一月开头的两个星期将到纽约、华盛顿去旅行。最好是住在朋友家。纽约我准备住金介甫家，今早已写信预先通知他（美国人一般都在一个月前把生活计划好……）。明天准备写信给李又安、陈宁萍、张充和。王浩的地址我没有带来，你打电话给朱德熙，让他尽快给我寄一个来。杨振宁、李政道我不准备去麻烦他们了，不过，寄来他们的地址也好。到美国旅行，一般都是住在人家家里。旅馆太贵。

聂华苓问古华：汪老准备在这里写什么？古华告诉她我听了邵燕祥的话，不准备写大东西。聂说：其实是有时间写的。那我就多写几篇《聊斋新义》吧。

聂华苓的一个女儿年底要和李欧梵结婚。李欧梵我在上海金山会议上和他认识。我让他到Mayflower来自己选一张画。他在芝加哥大学，会请我和古华去演讲一次。聂华苓将把Program的作家名单寄给一些大学，由他们挑选去演讲的人。美国演讲的报酬是相当高的。

我们的生活费分几次给。昨天已给了每人一千美元的支票，在银行开了户头。

我的地址在Mayflower后最好加一个Resident。

曾祺

九月四日

870906　致施松卿

松卿：

我应当带一个茶杯来的。美国的茶杯很不好用。就像咱家那种美国大学校杯一样，厚，笨。像校杯那样的杯子要五块多美元一个！美国东西贵得惊人。一盒万宝路香烟，在香港只要8元港币（免税商店只要6元半），在美国本土却要1.2美元。衣服、鞋子都极贵。如果小仉[1]还没走，你让她把东西尽量在北京买全了。——如经香港，可在香港买。香港是购物者的天堂。

1　小仉，即仉乃华。

刚才接陈若曦从伯克利打来的电话,台北的新地出版社要出我的小说选,用美金付版税,按定价的8%计。出版社要我一张照片,一个小传和评论我的文章。小传我可在这里写好寄给香港的古剑。照片家里能找得到么?评论文章找一两篇(出版社只是参考用)。评论要复印,留底。照片和评论都寄古剑。照片如找不到,我可在这里拍了寄去。

我在这里很好。聂华苓常打电话叫我们晚上上她家聊天。见到几位台湾作家。诗人蒋勋读过我一些小说,说是很喜欢。过两天陈映真要来。此人在台湾是大师。

我的讲话中英文本都交给聂华苓了。"我的创作生涯",我不想照讲稿讲,太长。另外准备了一篇五六百字的短稿:作家的社会责任感。有一个中国留学生为我口译。我要把发言稿先让他看看,因为稿中引用两句杜甫的诗,他得琢磨琢磨。

我这两天在看安格尔的诗和聂华苓的文集。

如从家里寄照片到香港，要两三张——包括生活照。港台的风气，作品前面有七八张照片。

昨天我已为留学生炒了一个鱼香肉丝。美国猪肉、鸡都便宜，但不香，蔬菜肥白而味寡。大白菜煮不烂。鱼较贵。

很想你们！在国外和在国内旅游心情很不一样。

曾祺

九月六日

870911 致施松卿

松卿：

　　前寄三信，不知收到否？我到这里已经十天了，也快。不过我还是想早点回去。

　　我在这里倒是挺好的。聂华苓对我们照顾得很周到。有一个访问学者赵成才，专门照顾我和古华。有一对华裔夫妇，很好客。他们读过不少大陆作品。《华侨日报》把我和林斤澜的谈话（载《人民文学》）转载了，他们特意剪下来给我留着。我和台湾、香港的作家相处得很好。台湾诗人、画家兼美术史教授蒋勋住在我的对门。他送了我好几本书。我送了他几张宣纸、一瓶墨汁，还给他写了一条字

"春风拂拂灞桥柳，落照依依淡水河"（他原籍西安），他非常高兴。香港女作家是个小姑娘[1]，才二十三岁，非常文静，一句话都不说。

我们过几天要到林肯的故乡去，住一天。十一月上旬到纽约、华盛顿。陈若曦在电话里说，我们可以从伯克利出境。聂华苓说机票可以改的。她要给王浩打电话，通知他我将去纽约。王浩曾到聂华苓家来过两次。看吧。我倾向于由原路回去。

到爱荷华大学看了看。美国大学的教室不大，条件极好。学生上课很随便。讨论课可以吃东西，把脚翘在桌子上。大学生可以任意选课，不分什么系，读够一定学分即可。

爱荷华河里有很多野鸭子。这里的野鸭子

---

1 应指香港作家钟晓阳，一九六二年生于广东梅州，时年应为二十五岁。

比中国的大。野鸭子本是候鸟，爱荷华的野鸭河里结了冰也不走。野鸭子见人不怕。公路上如果有一只野鸭子，汽车就得减速，不能压死它。我们在爱荷华大学的教学楼外草地上看见一只野兔子，不慌不忙地走着，还停下来四面看看。美国是个保护动物的国家，所有动物见人都不躲。它们已经习惯了。

美国人穿衣服真是非常随便。只有银行职员穿得整整齐齐的，打领带。刘阳给我买的枣红衬衫大出风头。公寓无洗衣机，衬衣可以送到楼下洗，收费。我只要自己洗洗衬衫、内衣就行了。吃的东西比较便宜，但有些比中国贵，一包方便面要半美元。房钱得自己付。我和古华合住一套，每月350元，每人175。

来信！

曾祺

九月十一日

870912　致施松卿

松卿：

　　你们都好吗？我这两天不那么想家了。大概身在异国，没有不想家的。给我们当翻译的访问学者赵成才来了七个月了，我问他："想家吗？"他说："想！"

　　我的硝酸甘油丢了。大概丢在从东京到芝加哥的飞机上。我把药瓶放在夹克口袋里，大概溜出来了。你能不能在信封里寄几片来？我以为这里可以买到，赵成才到药店去问了，药倒是有，但是美国买药必须有医生处方。而到医院，又必须做严格检查，才开药。算了！聂华苓说安格尔有个熟识的医生，看看他能不能开个药方，不过可能性不大。我想一次在信封里寄几片，不会被检查出来。实在寄不到，也没有关系，我想不致心绞痛。再说我还有三种防治心脏病的药。

我在这里生活很有规律，每天十一点钟睡觉，早上六点起。刚到几天，半夜里老是醒，这两天好了。今天一觉睡到大天亮，舒服极了。

这里可以写东西。我昨天已经把《聊斋》的《黄英》写好了。古华很厉害，写了一个短篇，还写了长篇的第一章。今天起我就要开始酝酿写《促织》。

我们存款的银行要请一次客，聂华苓想要有所表示，安格尔出主意，让她跟我要一张画，请所有作家签名，我说当然可以。我让作家们就签在画上，他们说这张画很好，舍不得，就都签在绢边上。

昨天我们到海明威农场参观，一家人有几千亩地，主要种玉米。玉米随收随即在地里脱粒，然后就运进谷仓，只要两个人就行了。一家能请三十多位作家喝酒、吃饭。海明威夫妇到过中国：北京、沈阳、广州……海明威夫人说北京是很美的城市。我抱了她一下。她胖得像一座小山。

参观了大学图书馆，看不出名堂。借书不像邵燕祥说的那样简单。聂华苓说她有很多中文书，要看，可以去拿。我们可以看到好几份中文报纸，包括《人民日报》海外版。都是聂送来的。

聂看了我的三份讲稿，她说"我的创作生涯"可以在这里讲。"文化传统……"可以到耶鲁这样的大学去讲。京剧可以给外国人讲，中国人听起来意思不大。

过些天我们要到林肯的故乡去，住一夜。除了看看那地方，主要是看几场球赛。

曾祺

九月十二日早晨

870920/21/22　致施松卿

松卿：

赵成才把《纽约时报》杂志写的关于我的专访译出来给我看了……其中引用了我的一句话，纯属捏造。但是关系也不大。管他的！我对文艺和政治的意见，自有别的谈话和文章可为佐证。《华侨日报》转载了我和林斤澜的谈话，对我很有利。

我写完了《蛐蛐》，今天开始写《石清虚》。这是一篇很有哲理性的小说。估计后天可以写完。我觉得改写《聊斋》是一件很有意义的工作，这给中国当代创作开辟了一个天地。

硝酸甘油如不好寄，不必担忧。今天有一

个学医的湖南访问学者来看我们，他说，没问题，可以找一个相熟的医生开个处方，两三天即可买到送来。很便宜。

我在这里画了几张画，挺好的。台湾的蒋勋建议我和他开一个小型展览会，因为这里学美术的还不懂中国的水墨。我想也可以。

我很好。身体情况的自我感觉比在北京还要好。

二十日夜书

自序

我曾在一篇谈我的作品的小文中说过：我的作品不是，也不可能是中国当代文学的主流。我觉得这样说是合乎实际的，不是谦虚。"主流"是什么？我说不清楚，也不想说。我只是想：我悄悄地写，读者悄悄地看，就完了。我不想把自已搞得很响亮。这是真话。

我年轻时曾受过西方的、现代主义文学的影响。但是我已经六十七岁了。我经历过生活中的酸甜苦辣、春夏秋冬，我从云层回到地面。我现在的文学主张是：回到民族传统，回到现实主义。

一位公社书记曾对我说：有一天，他要主持一个会，收拾一下会场。发现会议桌的塑料台布上有一些用圆珠笔写的字。昨天开过大队书记的会。这些字迹是两位大队书记写的。他们对面坐着，一人写一句。这位公社书记细看了一下，原来这两位大队书记写的是我的小说《受戒》里明海和小英子的对话。他们能一字不差地默写出来。这件事使我很感动。我想：写作是件严肃的事。我的作品到底能在精神上给读者一些什么呢？

我想给读者一点心灵上的滋润。杜甫

有两句形容春雨的诗："随风潜入夜，润物细无声。"我希望我的小说能产生这样的作用。

一九八七年九月二十日于爱荷华

此短序请汪朝抄一下，寄给外文出版社。写信给我的是徐慎贵。

我昨天的讲话，翻译得不错，但有些地方闹了笑话。在谈到"空白"时，我说宋朝画家马远，构图往往只占一角，被称为"马一角"，翻译者译成"一只角的马"，美国工艺美术中有一只角的马，即中国的麒麟。

我和一些外国朋友竟然能用单词交谈，很有趣，我对安格尔说，语言不是人类交往的最大障碍，他说"Yes！"刚才一位菲律宾和一位韩国的作家到我屋里来，菲说他祖母是中国人，姓Kwong，我想是姓邝，韩国作家能用汉字给我们翻译，不过他写的中文是文言文。

我已经写完了《蛐蛐》，很不错。明天要开始考虑写一点什么别的东西了。

台湾出我的小说，出了几个岔子。香港古剑要当我的代理人；昨天又接许达然从芝加哥来电话，说他可当我的代理人，且云新地出版社的负责人郭枫可把版税带到美国来。等郭枫到Iowa后，当面跟他谈吧，谁当代理人都可，但不能重了。

我问了一下赵成才，他说电动打字机这里有，他们的基金会就有一架。全新的要150美元，二手货不知要多少钱，但二手货较少。他说纽约不一定比Iowa便宜。我让他留心留心，到十二月买。我想到香港也匆忙，且不一定有。你需要，150美元就150美元吧。

我过香港时，因未携带照相机之类，所以购物卡未退给我。他们说没有关系，由香港入境时再填一个即可。方方的电子琴当无问题。

卉卉听话，好极了。

我在此身体情况甚好，能吃能睡。

陈建功来信，说家里有事可打电话给他。

二十一日

《石清虚》已写完。

硝酸甘油已送来。

赵成才去看了电动打字机，有。两种。一种大一点的一百六十几元，一种小一点的一百四十几元。我后天想去看看（后天要到亚洲中心参加招待会，卖打字机的铺子离那里很近）。

我在台湾出的小说集，几个人要当代理人。古剑来信说，"要乱套"。郭枫十月要到Iowa来，我和他当面谈吧。台湾作家黄凡劝我"卖断"，即一次把版税付清，以后再版多少次不管。大陆无版税制度，原来这玩意儿很复杂。

Program十一月二十日即开欢送会，不少人想提前走。我也不一定耗到十二月中。看吧。我对到纽约、华盛顿兴趣不是很大，但大概还是会去的。金介甫来信，说他星期一和星期五有时间。美国大学开学了，他们都很忙。

曾祺

二十二日晨

870929　致施松卿

松卿：

　　打字机去看了，146美元，是夏普的。美国许多东西都是日本货。是夏普的，则不如在香港买了。我想香港会有的。彩电和录像机也以在香港买为合算。彩电和录像机算两大件，打字机算一小件，那么我只还有一小件可带，就留给方方买电子琴吧。据古华说，我们在香港的停留日期可以申请延长，芝加哥领馆即可代办。

　　昨天聂华苓给王浩通了电话，王浩说我可以住在他家。这就好了。我原来怕到纽约无处投奔。金介甫说他可以陪我玩两天，但未表示可以在他家住。纽约旅馆一天要100美元，那Program给我们的旅游津贴都住了旅馆了。而且没人陪我，纽约我还真不敢去。据说纽约非常乱（王浩的夫人到加拿大去了，这样更好）。

李又安来信，说他们欢迎我到费城去住几天，费城在纽约与华盛顿之间。她请我去给教师和学生作一次非正式的演讲，会给少量报酬。

到华盛顿住什么地方，还没有谱。实在不行，我就不去华盛顿，从费城飞到波士顿去。哈佛请我们去演讲一次。在波士顿住几天，就回Iowa。

这样，十一月的旅游大体定下来了，我心里就踏实了，否则心里老是嘀咕。

前天，我们到Springfield去参观了林肯故居、林肯墓和New Salem State林肯的小木屋。林肯墓是一个塔形建筑，很好看。墓前有一个铜铸的林肯头像，很多人都去摸林肯的鼻子，把鼻子摸得锃亮。这在中国是绝对不允许的。我想写一篇散文，《林肯的鼻子》。林肯有一句名言："All men are created equal.（人人生来平等。）"林肯的鼻子可以摸，体现了这种精神……

《华侨日报》（左派报纸）把我的发言稿《我是一个中国人》《作家的社会责任感》要去，要发表。可以有一点稿费，不会多。这两篇东西如发表，对我的政治形象有好处。这两个稿子我都没有讲。《中国人》太长、《责任感》过于严肃。我在"我的创作生涯"的会上即兴讲的是另外的题目。

聂建议我和古华搞一次招待会，预备一点饮料，买一瓶酒、花生米、葵花子……，我准备煮一点茶叶蛋，炸一点春卷。外国人非常喜欢吃春卷。Farmer's Market有韩国货，五毛钱一条，太贵了！自己炸，最多两毛。这里有一家"东西商会"，朝鲜人开的，有春卷皮卖。

我上次在"创作生涯"会上的发言如下：

最后一个发言是困难的，因为大家都已经很疲倦。这要怪我的倒霉的姓，姓的倒霉的第一个字母——W。不过大家可以放心，我的发言很短。短得像兔子的尾巴。（笑）

我想先请大家看两张画（给陈若曦的一张和一只鸟蹲在竹子上的那一张）。我是一个不高明的业余画家。我想通过这两张画说明两个问题：中国文学和绘画的关系；空白在中国艺术里的重要作用。

中国画家很多同时也是诗人。中国诗人有一些也是画家。唐朝的大诗人、大画家王维，他的诗被人说成是"诗中有画"，他的画"画中有诗"。这是中国文学的一个悠久的传统。我的小说，不大重视故事情节，我希望在小说里创造一种意境。在国内，有人说我的小说是散文化的小说，有人说是诗化的小说。其实，如果有评论家说我的小说是有画意的小说，那我是会很高兴的。可惜，这样的评论家只有一个，那就是我自己。（大笑）

大概从宋朝起，中国画家就意识到了空白的重要性。他们不把画面画得满满的，总是留出大量的空白。马远的构图往往只画一角，被称为"马一角"。为什么留出大量的空白？是让读画的人可以自己去想象，去思索，补充。一个小说家，不应把自己知道的生活全部告诉读者，只能告诉读者一小部分，其余的让读者去想象，去思索，去补充，去完成。我认为小说是作者和读者共同完成的。一篇小说，在作者写出和读者读了之后，创作的过程才完成。留出空白，是对读者的尊重。

因此我的小说越写越短。（笑）

这样，对我当然是有损失的，因为我的稿费会很少。（笑）

但是我从创作的快乐中可以得到补偿。（笑）

我想这是值得的。（笑）

李欧梵告诉我，我说的作者和读者共同完成是一种很新的理论。有个教比较文学的中国青年学者，说这是萨特首先提出来的。我则是自己发明的。

曾祺

二十九日

871003/05/06/07　致施松卿

松卿：

Iowa已经相当冷了。今天早上下了霜。我刚才出去寄信，本想到对面草地走走，冷得我赶紧回来了。穿了双层的夹克还是顶不住。今天晚上大学图书馆的两个人（大概是头头，一个是俄国人，一个是美国人）请客，我得穿棉毛裤、毛背心去。因为是正式吃饭，要打领带。

昨天中国学生联谊会举行欢度国庆晚餐会。开头请我、古华、聂华苓讲了话。几句话而已，希望他们为祖国争光之类。学生大都是读博士的。年轻人，很热情……晚餐是向这里的中国饭馆羊城饭店订的，但也一点也不好吃，全无中国味。我实在难以下咽，回来还是煮了一碗挂面吃。美国菜（即使是中国饭馆做的）难吃到不可想象的程度。

有几个复旦来的学生，他们在复旦的班上读过《受戒》，又问我当过和尚没有。

施叔青来信，又是要求我的书在台湾出版委托她负责版权的事。我给她回信，说《晚饭花集》可以授权给她，自选集不能。因为自选集小说大部分与小说选及《晚饭花集》相重，按台湾的出版规定，会损及新地出版社的利益，会打官司的。林斤澜说在港台出书不宜操之过急，亦是。但古剑、施叔青都算是老朋友了，不好拒绝。

台湾作家蒋勋（我和他对门居，关系甚好）告我，《联合文学》又转载了我的《安乐居》，他又将《金冬心》复印寄给一家杂志，这都是应付稿费的。古剑来信说他将为我的《黄油烙饼》及《联合文学》所载的六篇小说争取稿费。我到了美国，变得更加practical，这是环境使然。为了你，你们，卉卉，我得多挣一点钱。我要为卉卉挣钱！

十月三日午

今天晚上，大学图书馆的两个人招待我们晚餐。这顿晚饭不错，比较有滋味。我问女主人：这是典型的美国饭吗？她说：No，作料都是南斯拉夫的——她是南斯拉夫人。我吃饱了，回来不用煮挂面。

晚餐会上和与会者相谈甚欢。我大概在应对上有点才能，中肯、机智，不乏幽默。

Minita宣告我是她的sweetheart，我当然得跟她贴贴脸，让她亲一下。她是Program的组织者，是西班牙人。上次在从Springfield回来的车上，她就对赵成才说，她非常喜欢我的性格，可惜不能直接用英语交谈。回来后，她向聂说，所有的作家都喜欢我。聂为之非常高兴。我这人大概有点人缘。保罗·安格尔听说我是她的sweetheart，大叫：Wonderful!

三日晚

　　四日，到爱荷华州的首府得梅因去参观。上午参观了美国公众保险公司。这个公司收藏了很多美国当代艺术作品。进门就是一个很大的抽象雕塑，是一位大师（我没记住他的名字）的作品。大厅里有很多奇形怪状的雕塑，有的会自己不停地轻轻转动或摆动——没有动力，只是利用塑体本身的重量造成的。每个办公室里都有绘画和雕塑，没有一件是现实主义的。为什么美国的大企业都收藏当代艺术作品呢？因为美国政府规定，买多少当代艺术品，可以免去购买作品同样数目的税。这样等于用一部分税款去买作品。这是用企业养艺术，这办法不错。

下午去参观一个Living history farm。美国历史短，各处均保留一些当年遗貌：铁匠炉、木匠房，大车的轱辘还是铁的。还有两处印第安人的窝棚。这在中国人看来毫不稀罕。在一切都电子化了的美国，保存这样的遗迹，是有意义的。我们上午参观了保险公司，他们的办公室全部电脑化了。上午、下午，对比强烈。

晚上，公司请客，在一家中国餐馆。基本上是广东菜，极丰盛。菜太多，后面几道我都没有动。作为主人代表的是一对黑人夫妇。男的是诗人。他在上菜的间隙，朗诵了三首诗。我起来讲了几句话（因为是在中国餐馆，Minita一定要我坐上座），说感谢诗人给我们念了四首诗，第四首在这里。我把他的年轻的老婆拉了起来。全场鼓掌。老赵说我讲得很好。这种场合，有时需要一点插科打诨。

五日

我今天买了一件高领的毛衣；2美元。已用热水洗了几过。

　　我十一月上旬的行程已定：10/31，锡达拉皮兹—纽约；11/6，纽约—费城；11/11，费城—波士顿；11/14，波士顿—锡达拉皮兹。

六日

　　我正在考虑，把四篇《聊斋新义》先在《华侨日报》上发表一下，然后国内再用。

　　十日我们将去马克·吐温故乡。

曾祺

七日

松卿：

　　我下月旅游行程已定，票都订好了（美国早一个月订票比临时买票要便宜得多）。如下：

　　十月三十一日离开爱荷华，在纽约住六天，然后乘火车至费城。在费城住五天。十一月十一日从费城到波士顿，十四日离波士顿经芝加哥回到爱荷华。

　　我在纽约住王浩家。费城住李又安家。波士顿哈佛大学会安排。一路都会有人接送，不致丢失，请放心。我在费城的宾州大学和哈佛都将作非正式的演讲，讲题一样：传统文化对中国当代文学创作的影响。

今天是中秋节，聂华苓邀我及其他客人家宴，菜甚可口，且有蒋勋母亲寄来的月饼。有极好的威士忌，我怕酒后失态，未能过瘾。美国人不过中秋，安格尔不解何为中秋，我不得不跟他解释，从嫦娥奔月、中国的三大节，中秋实是丰收节，直至八月十五杀鞑子……他还是不甚了了。月亮甚好，但大家都未开门一看。

按聂的建议，我和古华明晚将邀七八个作家到宿舍一聚，我正在煮茶叶蛋。

中秋节夜一时

我们已经请了几个作家。茶叶蛋、拌扁豆、豆腐干、土豆片、花生米。他们很高兴，把我带来的一瓶泸州大曲、一瓶Vodka全部喝光，谈到十二点。聂建议我们还要请一次，名单由她拟定。到Program来，其实主要是交际交际，增加一点了解，真要深入地探讨什么问题，是不可能的。

昨天去听了一次新英格兰乐队的轻音乐，水平很低。聂、安、古、蒋勋休息时即退场。聂问我如何，我说像上海大减价的音乐，她大笑，说："你真是煞风景。"又说："很对，很对，很像！"

昨晚芬兰的Risto回请我和古华，说是dinner，实际只有咖啡、芬兰饼（大概是荞麦做的），一瓶芬兰Vodka。主要的菜倒是他请我做的茶叶蛋。闹半天，他是对我们作一次采访。他对中国很有兴趣，也颇了解，问了很多问题，文学、政治、哲学、心理学、书法……他的夫人是诗人，又是《芬兰晨报》的记者。我问今天的谈话，他们是否要整理发表。他们说：要。我想我们的谈话都没有问题，要发表就发表吧。

今天是安格尔的生日（七十九岁），晚上

请大家去喝酒，谢绝礼物，但希望大家念念诗、唱歌、表演舞蹈。我给他写了一首诗："安寓堪安寓（他家的门上钉了一块铜牌，刻字两行，上面一行是Engle，下面是中文的'安寓'），秋来万树红。此间何人住？天地一诗翁。此翁真健者，鹤发面如童。才思犹俊逸，步态不龙钟。心闲如静水，无事亦匆匆；弯腰拾山果，投食食浣熊。大笑时拍案，小饮自从容。何物同君寿？南山顶上松。"安的女儿蓝蓝昨天到这里看了，说把她爸爸的神态都写出来了。

我带来的画少了，不够分配。宣纸也不够用。

我决定把《聊斋新义》先在《华侨日报》发表一下。台湾来的黄凡希望我给台湾的《联合文学》，说是稿费很高，每一个字一角五分美金。但如在台湾发表，大陆就不好再发表。在美国发表，国内发，无此问题。《华侨日报》是左派报纸，也应该支持他们一下。人不能净为钱着想，也得考虑政治。我把这想法和赵成才商量了一下，他同意我的看法。十五日《华侨日报》的王渝和刘心武均到Iowa，我想当面和他们谈一谈。先跟心武说说。

古华想在Iowa待到十二月十五日，再到旧金山一带去。这样就得申请延长护照。我现在想从波士顿回Iowa后，哪里也不去了。大峡谷，黄石公园，也就是那么回事。十一月十四日回到Iowa至十二月十五日，还有一个月，我可以写一点东西。继续改写《聊斋》。我带来的《聊斋》是选本，可改的没有了。聂那里估计有全本，我想能再写几篇可改的。另外也可以写写美国杂记。

十日到密苏里州汉尼堡城看了看马克·吐温的故乡。看了《汤姆·索亚历险记》的背景Cameron Cave。这个Cave和中国的山洞不一样，不是钟乳石的，是黄色的石头的，里面是一些曲曲折折的大裂缝。石头上有很多人刻的名字，美国人也有题"到此一游"之风。到处看看而已，没有多深的印象。密西西比河有一段很美。马克·吐温纪念馆里没有中国大陆译本（有一本台湾的），我要建议作协给纪念馆寄几本来。

十二日

昨天安格尔家的Party很热闹。Program的成员都去了，还有不少别的客人。很好的香槟。好几位诗人读了给安和聂的诗。我也念了那首诗，用中文念，赵成才翻译。诗是写在一张宣纸横幅上的，安格尔自己举着，不时探出脑袋来做鬼脸。喀麦隆的一个作家打非洲鼓唱颂歌。南美西班牙语系（不同国家）的诗人弹吉他且歌且舞，很美。古华"打"了一只湖南山歌。聂非让我唱京剧不可，唱了两句大花脸。墨西哥诗人Zavala对赵说Wang是今天的most。

我的讲话稿《我是一个中国人》和《作家的社会责任感》，《华侨日报》决定发表。王渝明天来，将把稿费带来（先付）。台湾诗人蒋勋把他用古代传说写的小说给我看，想请我写一篇序。这个序可不好写，但不能推却。

十三日晨

王浩来了电话，说住在他家没有问题。他有点失望，以为我能在纽约住半个月，五天，太少了。他会到机场去接我。他要买戏票，请我们看戏。我说歌剧、舞剧、音乐会都行，不要买话剧。金介甫已做好接待我们的准备。有一个女记者要采访，金安排了一个Party。

王渝已将发言稿稿费送来。我把小说四篇交给她了，约一万二千字，可以有240美元稿费。台湾的陈映真要来，我托王渝印几份，给他一份。我问刘心武要不要。他说他还不知道回去怎么样呢，可能申请辞职，因为编辑部乱得一塌糊涂，他这个主编没法当。吴祖光若无其事，谈笑风生，说是一场闹剧，已经收场。

画，都分完了。再有人要（老有人要），只好临时画。我在这里，安格尔把我介绍给别人时都说是：作家、画家。大学艺术系一女教授（韩国人，金属雕塑家）要请我上她家看她的藏画。

我现在不太想家了。

曾祺

十六日

871018　致施松卿

松卿：

我弄错了，耶鲁不在西部，在纽约附近的纽海芬。郑愁予来，一定拉我们去讲两次。除了耶鲁，还有一个大学。他一号到王浩家，把王浩一起拉去，他和王浩很熟。三号把我们送回王浩家。这样我们只有四号、五号在纽约。金介甫、董鼎山，还有《申报》一定都要请客。这样我们到纽约只有去吃去了。不过据说纽约也没有什么可看的，只有一个博物馆值得一看。在纽海芬演讲，会有少量报酬。

字典没有买，打字机本想到香港买。不过你为什么又不要了？是大陆可以买到，还是不需要?

这两天Program举行二十周年大庆。鸡尾酒会,晚餐。十六日的酒会在美术馆,我顺便看了看藏品。有一室是非洲木雕,是一个富商所捐赠,很棒。有些画简直看不懂。有一张画就是一个黑色的大四方块,在一定的光线下可以看出黑色中有深浅,这是美国一个大画家的作品。人们惊佩的是他怎么能在很浓的黑色中搞出深浅来的,是用什么颜料画出来的。十七日酒会晚餐都在体育馆。晚餐后有印第安人表演舞蹈,很好看。最后一个节目是表演者和观众一起跳,一拍一顿,转圈子而已,我也插进去转了几圈。节目后是舞会,我被《申报》的曹又方拉下海无师自通地跳了一支迪斯科,后来又被巫宁坤的外甥女王渝拉下去跳了一支伦巴。这晚上我竟然跳了四支曲子。李欧梵说我跳得很好。大概他们没有想到我还会跳舞。

我大概还得做几次菜。我已经做过一次鸡

杂锅巴。昨天董鼎山要来吃饭，结果吴祖光、张贤亮也来了，一共七个人。我给他们做了拌肚丝、炸茄盒、铁锅蛋、白菜豆腐汤。

今天下午有一个中国作家的座谈会，由Pragram和大学的亚非中心及亚洲语文系、中国学生联谊共同主办。中国作家（大陆、台湾）十二人，提问的是美籍华人作家，主题是"我为何写作"。我不准备讲话。会上的中心人物一定会是吴祖光、刘心武、张贤亮。

蒋勋把《金冬心》寄到台湾去了。他又把这篇东西介绍给曹又方，曹要在《申报》发表，说稿费给我寄到中国去。我的小说集在台湾已经出版，书名改成《寂寞与温暖》。这是为了商业的需要。我已经在《人间》上见到广告，希望不要把我的文章增改。删一点则无妨。

二十一日到芝加哥去，二十五日回Iowa。

十月十八日

871020　致施松卿

松卿：

　　十月十四日信昨（十九）日收到，相当快。美国邮局星期六、星期天不办公，赶上这两天，信走得就会慢些。

　　十八号"我为何写作"讨论会，我以为可以不发言，结果每个人都得讲。因为这次讲话是按中文姓氏笔画为序的，我排在第三名。幸亏会前稍想了一下，讲了这样一些。

　　……我为什么写作，因为我从小数学就不好（大笑）。

　　我读初中时，有一位老师希望我将来

读建筑系，当建筑师——因为我会画一点画。当建筑师要数学好，尤其是几何。这位老师花很大力气培养我学几何。结果是喟然长叹，说"阁下之几何，乃桐城派几何"（大笑）。几何要一步一步论证的，我的几何非常简练。

我曾经在一个小和尚庙里住过。在国内有十几个人问过我，当过和尚没有，因为他们看过《受戒》（这里的中国留学生很多人看过《受戒》）。我没有当过和尚。抗日战争时期，日本人打到了我们县旁边，我逃难到乡下，住在庙里。除了准备考大学的教科书之外，我只带了两本书，《沈从文选集》和《屠格涅夫选集》。我直到现在，还受这两个人的影响。

我年轻时受过西方现代主义的影响，写诗，很不好懂。在大学的路上，有两个同学在前面走。一个问："谁是汪曾祺？"另一个说："就是那个写别人不懂，他自己也不懂的诗的那个人。"（大笑）我今年已经六十七岁，经验了人生的酸甜苦辣、春夏秋冬，我不得不从云层降到地面。OK！（掌声）

这次讨论会开得很成功，多数发言都很精彩。聂华苓大为高兴。

陈映真老父亲（八十二岁）特地带了全家（夫人、女儿、女婿、外孙女）坐了近六个小时汽车来看看中国作家，听大家讲话。晚上映真的妹夫在燕京饭店请客。宴后映真的父亲讲了话，充满感情。吴祖光讲了话（他上次到Iowa曾见过映真的父亲），也充满感情。保罗·安格尔抱了映真的父亲，两位老人抱在一起，大家都很感动。我抱了映真的父亲，忍不住流下眼泪。后来又抱了映真，我们两人几乎出声地哭了。《申报》的女编辑曹又方亲了我的脸，并久久地攥着我的手。

宴后，聂华苓邀大家上她家喝酒聊天。又说、又唱。分别的时候，聂华苓抱着郑愁予的夫人还有一个叫蓝菱的女作家大哭。

第二天，聂华苓打电话给我，说她也不知道为什么会大哭，真是"百感交集"，不只是因为她明年退休，不管Program的事了。我说：我到了这里真是好像变了一个人。我老伴写信来说我整个人开放了，突破了儒家的许多东西。她说："就是！就是！"我说：我好像一个坚果，脱了外面的硬壳。她说："你们压抑得太久了。"她问我昨天是不是抱着映真和他的老父亲哭了，我说是。她说："你真是非常可爱。"

不知道为什么，女人都喜欢我。真是怪事。昨天董鼎山、曹又方还有《申报》的一个记者来吃饭（我给他们做了卤鸡蛋、拌芹菜、白菜丸子汤、水煮牛肉，水煮牛肉吃得他们赞不绝口），曹又方抱了我一下。聂华苓说："老中青三代女人都喜欢你。"

当然，我不致晕头转向。我会提醒我自己。

这样一些萍水相逢的人，却会表现出那么多的感情，真有些奇怪……

陈映真是很好的人。他们家移居台湾已经八代，可是"大陆意识"很强。他在台湾是左派，曾经入狱几次。我跟他很谈得来。他"做"了我一次采访，长谈了一个上午。写了一篇印象记。我看了，还不错。他要我的书，我把《晚饭花集》和手头仅有的一本短篇小说选送给他了。——你们从北京寄的书，《晚饭花集》很快就收到了，短篇小说选的那一包一直没到，很可能是寄丢了。真糟糕！他可能会从这两本书里选出一本，在台湾人间出版社出版。我问他会不会和新地出的重复，引起纠纷，他说不会，他会处理的。

我把那四篇《聊斋新义》给了陈映真一份，他会在他主编的《人间》上发表。如果带了原稿回大陆发表，就成了一稿三投……这种做法在国外毫不稀奇。

古华叫我再赶出十篇《聊斋》来，凑一本书交陈映真在台湾人间出版社出版。我不想这样干。我改编《聊斋》，是试验性的。这四篇是我考虑得比较成熟的，有我的看法。赶写十篇，就是为写而写，为钱而写，质量肯定不会好。而且人也搞得太辛苦。我不能像古华那样干，他来Iowa已经写了十六万字，许多活动都不参加。

大陆来的作者，祖光、阿城都表现不错。阿城，大家都喜欢，他公开讲话确是很短。比如"我为何写作"，他只说"我写作只是为了满足我自己"，一句话。但是不像国内传说的，说阿城讲话过短，故作高深状，使听众很不满。不是的。聂华苓很喜欢他，台湾作者很喜欢他，女作家尤其喜欢他。台湾作家，陈映真、蒋勋，都落落大方。

Program是个很好的组织。安格尔是个好诗人。我们在保险公司午宴会上，公司的老板说安格尔是文学的巨人。聂华苓接替他（安仍是顾问）作为领导人，二十年了，真不简单。我在电话里跟华苓说：你不是用你的组织才能，用理想来组织Program，而是"感情用事"，你是用感情把世界上的作家弄到一起来的。她说："Ya! Ya！"明年，她将退休。Program也许还会延续，但不会是这样了。至少不会对中国作家这样了。古华对她说："我们赶上了末班车。"他说了一句聪明话。我感到Program可能会中断。因为听说大学和Program矛盾很深，因为Program的名声搞得比爱荷华大学还要大。这类事，美国也一样。

我去不去旧金山，未定。我要办在香港多停留的许可，要三个星期。现在不能办，因为到芝加哥、纽约最好带护照，等到我回Iowa再办。我十一月十四日回Iowa，等办好手续，留下的时间就不多了。看吧，来得及，改机票不困难，也许会到陈宁萍家住一下，然后从旧金山出境。

德熙说我在美国很红，可能是巫宁坤的外甥女王渝写信告诉他的。王渝说她写信给巫宁坤，说："汪曾祺比你精彩！"她说那天舞会，我的迪斯科跳得最好，大家公认。天！

今天下午华苓为陈映真饯行，邀请少数人，我今天大概不会哭。

明天我将赴芝加哥，二十五日回。

曾祺

十月二十日

871025/26/27　致施松卿

松卿：

　　我刚从芝加哥回来，有点累。

　　我们几个中国作家二十一日先到芝加哥（大队二十三日到），李欧梵请与芝大的中国学生作一次座谈。座谈不限题目。吴祖光谈得较多，我讲得很短。题目倒是很大：我为什么到六十岁以后写小说较多，并且写成这个样子。实际上是讲了一点样板戏的情况，"主题先行"怎么逼得剧作者胡说八道，结尾时才归到题目：搞了十年样板戏，痛苦不堪，"四人帮"一倒，我决定再也不受别人的指使写作，我愿意写什么就写什么，想怎么写就怎么写。

看了西尔斯塔，世界最高的建筑，一百零三层。没有上去，在次高建筑九十六层上喝了一杯威士忌。芝加哥在下面，灯火辉煌。看了半天，还是——灯火辉煌。

和蒋勋看了艺术博物馆，很棒。这几天正在举行一个后期印象派的特展，有些画是从别处借来的。看了梵·高的原作，才真觉得他了不起。他的画复制出来全无原来的效果，因为他每一笔用的油彩都是凸出的。高更的画可以复制，因为他用彩是平的。有很多莫奈的画。他的睡莲真像是可以摘下来的。有名的《稻草堆》，六幅画同一内容，只是用不同的光表现从清早到黄昏。看了米勒的《晚祷》，真美。有不少毕加索的原作。有一幅他的新古典主义时期的画，《母与子》，很大，好懂。也有一些他后期的"五官挪位"的怪画。这个博物馆值得连续看一个月。可惜我们只能看两小时。

前天上午，六个中国留学生开车陪我和祖光去逛了逛。看了一个很奇怪的教堂。这个教叫Bahai，创始人是伊朗的Baha。这个教不排斥任何教，以为他们所信的上帝高于一切，耶稣、释迦牟尼、穆罕默德都是此上帝派出的使者。教义很简单，无经书，只有几句格言，如"你们都是同一棵树上结的果子"……没有祈祷、礼拜。信教的人坐在椅子上，想你所想的。教徒也就叫Bahai，乐于助人。任何人遇到困难，只要说一声"Bahai"，就会有教徒帮你。这个教……入教也并无仪式。教堂是个很高的白色建筑，顶圆而微光，处处都是镂空的，很好看。

我们又开车经过黑人区，真是又脏又旧。黑人都无所事事，吃救济。我们竟然在黑人区的小饭馆吃了一餐肯塔基炸鸡。

昨天晚上，唐人街的一个中药店百理堂的老板请我和祖光去参加一个Party。这位老板名叫陈海韶，是个画家。我们原来有点嘀咕，不知此人是何路道。去了一看，放心了。此人的画不错，是岭南派，赵少昂的学生。他约来的是芝加哥华人艺术家中的佼佼者，有些是有些名气的。吃了小笼包子、锅贴。会后，他又请祖光和我到九十六层楼上喝了饮料。这一晚过得不错。祖光和我应他之邀，各写了一张字。

今天归途中经过海明威的家乡。有两所房子，一处是海明威出生的地方，一处是海明威开始写作的地方。两处都没有明显的标志，只是各有一块斜面的短碣，刻了简单的说明。两处房子里现在都住着人家，也不能进去看看。芝加哥似乎不大重视海明威，倒是有一个叫Wright的名建筑师自己设计的房屋很出名。这所住房的结构的确很特别，但是进去看看要收4美元，大多数人都不舍得。在海明威的房屋前照了几张相，希望能照好。

我的右眼发炎，红了，但问题不大。钟晓阳给了我一点药，说是很好的消炎药。吃了药，洗洗，我要睡了。

二十五日晚

二十一号晚上，芝加哥领事馆请我们吃饭，在湖南饭馆，菜甚好，黄凡要喝茅台，李昂要喝花雕，大概花了领事馆不少钱。与领事认识，有方便处。文化领事王新民说以后由芝加哥出境时，他将帮我去办手续，送我们上飞机。

我如在香港停留，将重办英国的签证。因为看了原来的签证，有效日期只到九月二日。来是来得及的。等我十一月十四日回到Iowa，就办这件事。

二十五日晚

吃了钟晓阳给我的药，睡了一大觉，眼睛基本上好了。我原来有点担心，因为我的右眼曾得过角膜炎，怕它复发了。结果不是。我的感觉也不一样。角膜炎会不断感到"磨"得慌。现在看来已无问题。聂华苓很关心，她说实在不行上医院。Iowa医院挂号费即要70美元。已经好了，不必花这笔钱了。

在芝加哥还有一位美国老板老费（他让我们叫他老费）请了一次客。他想拍中国的电影。他是通过张蕾（《红楼梦》电视剧演秦可卿的）和我们认识的。张蕾在芝加哥留学。这孩子很聪明。

我到耶鲁、哈佛等处演讲的题目除了《传统文化对中国当代文学的影响》外，还想讲一次《中国作家的语言意识》。有机会，讲一次京剧，讲的时候可能要唱几句。

旧金山大概不去了。

聂华苓有《聊斋》。十一月十四日以后，

我大概就会在Iowa写《聊斋新义》。不急于出版。如果写够一本书，可寄到香港由古剑转给陈映真。

我们的归期不能改。十二月十五日必须离开Iowa，否则机票作废。到香港逗留几天，即可回家了。我出国时间已经超过一半了，回家在望矣。

刚才接王浩电话，到纽约安排已定。十月三十一日到纽约，由一个美国诗人开车来接我们（王浩自当同来）。十一月一日金介甫带我们出去逛。星期一（十一月二日），郑愁予把我们拉到纽海芬（王浩说我们也可以乘火车去），当天下午四点和七点在耶鲁和另一大学演讲（一天讲完，也好）。星期二、三，王浩请我们去美国最大的歌剧院去看歌剧及听音乐会（贝多芬第七交响乐）。王渝要带我们去看光屁股舞剧。王浩说郑愁予非常欣赏我的Taste，王浩说："哎呀，真是欣赏！"我在耶鲁也许会讲京剧。两处都会有一点报酬，郑愁予说不会多。古华说，挣一点零花钱。

我回国会带相当数目的美金。不能放在托运行李里（张贤亮的行李全部丢了），也不能放在手提包里（李子云在芝加哥被抢，手提包里的现金、护照、机票全被抢走）。赵成才说，他会给我缝在内裤里，好。

今天下午，我们作了一次讲座，对象是Iowa大学的文科高年级学生及研究生。我讲的是"作家的社会责任感"。讲完，提问。一个女生说：她不是提问题，只是想表示Wang的讲话给她很大启发，很新鲜，而且充满智慧。Wa!

十月二十六日

这个女生是个左撇子，记笔记很认真，长得不好看，但有一种深思的表情，这在美国女生里很少见。Mayflower住了很多大学生，女生好像比男生还多。她们大都穿了很肥大的毛线衫，劳动布裤子，运动鞋。不少女生光着脚到处走。前些时天暖和，甚至有人光脚在大街上走。她们穿着不讲究，怎么舒服怎么来。脸上总是很满足、很平淡的样子，没有忧虑，也不卖弄风情。我在Iowa街上只看到过一个女的把头发两边剃光，留着当中一条，染成淡紫色。美国大学生不用功，只有考试前玩几天命，其余时间都是玩。他们都是些大孩子。

明天会开给我们旅行支票，下个月的生活补助的支票。我们旅行花不了多少钱，大概靠讲课费就够了。

十一月的最后一个星期六是美国的鬼节，据说很热闹，大家都画了脸或戴面具。如果让我画，我就画一个张飞！过了鬼节，就等着过圣诞节了。

Iowa的秋天很好看。到处都是红叶。市政当局有意栽各种到秋天树叶变红的树。一天一个颜色。这两天树叶落了。据说到冬天都是光秃秃的。

漓江出版社有没有问我买多少书（自选集）？我想这回多买一点，精装的100，平装的250。

我的小说选还没寄到，大概是丢了。

曾祺

十月二十七日上午

871029　致施松卿

松卿：

　　寄上照片两张，你可挑一张寄给宋志强，供《云冈》用。

　　我10/31到纽约，住王浩家，去耶鲁及另一大学各讲演一次。11/6到费城，11/12到波士顿，在哈佛讲一次，11/14回Iowa。回来后不拟再往他处。如时间来得及，也许去三藩市。但必须再回Iowa，由芝加哥出境。因为我们的飞机票是来回票，不能改。改，即须将原机票作废。一切都无问题，到处有人接送。直到由芝加哥办出境手续，都可由领馆的王新民负责。保证可以完完整整地回到北京。

金项链我还是买了，古华说比香港便宜。这玩意儿带起来很轻便，而且美国的工艺水平比香港、内地都好。

Iowa的西北大学请我十一月十八日去演讲一次。讲吧。我已拟了题目：中国作家的语言意识。我在美国讲话已经讲油了，每次都成功。

我们下个月的生活费和旅行费都领了。我没有换旅行支票，因为不方便。带了些现款，路上用。我不想买什么东西。我自己想买的只是两个烟斗和一点烟丝。这里的小孩玩具都很贵，而且不好。卉卉和方方的衣服到香港买吧。

我过香港停留的申请已交Program办了。护照留在Program，我到纽约带一份复印的。这样保险。

台湾的《寂寞与温暖》我已看到篇目，不知道为什么把《羊舍一夕》删掉了。郭枫延期到Iowa，我们见不到了。古华和我都留了信给他，如带来书，稿酬，交给一个叫谭嘉的台湾人，她是Program的翻译，人很好。

Iowa的天气忽冷忽热。前几天冷得要命（我们到马克·吐温故居那天下了小雪），这两天又极暖和。我在屋里穿了睡衣还是热（放了暖气）。到纽约，我不想带羽绒服了，两件毛衣、风衣，就够了。到纽约得带一套西服、白衬衫，因为要去看大歌剧。否则，有一件夹克就行了。

明天是美国的鬼节。后天一早我和古华即将由西达瑞碧斯，经芝加哥去纽约了。路上有时间，会给你写信。如忙，即恐到11/14后才能写信了。香港要买什么东西，早来信。

曾祺

十月二十九日

871030　致施松卿

松卿：

我到美国已经两个月了。日子过得很smooth。明天去纽约。十一月十四日从波士顿回Iowa。

寄我的讲话给你们看看。讲的时候我没有带稿子。前面加了一点话："也许你们希望我介绍中国大陆当代文学的一般情况，但是我不能。我的女儿批评我，不看任何中国当代作家的作品，除了我自己的。这说得有点夸张，但我看同代人的作品确是看得很少。对近几年五花八门、日新月异的文艺理论我看得更少。这些理论家拼命往前跑，好像后面有一只狗追着他们，要咬他们的脚后跟……因此，我只想谈一个具体的问题：作家的社会责任感。这是一个很没有趣味的问题。"

谈作家的社会责任感

今天我只想谈一个具体问题，作家的社会责任感问题。前几年，中国的作家曾经对这个问题发表了不同的意见。作家写作要不要考虑自己作品的社会效果？与这个问题有关的，还有另一个问题，即作家是写自己，还是表现"人"的生活。

有些作家——主要是为数不多的青年作家，声言他们是不考虑社会效果的。我想写什么，就写什么；想怎么写，就怎么写。他们表现的是自己。我年轻时也走过这样的路。后来岁数渐大，经历了较多的生活中的酸、甜、苦、辣，春、夏、秋、冬，在看法上有所改变。我认为一个作家写出一篇作品，放在抽屉里，那是他自己的事。拿出来发表了，就成为社会现实的一个组成部分。作品总是对读者的精神产生这样那样的影响。正如中国伟大的现代作家鲁迅说的那样：作家写作，不能像想打喷嚏一样。喷嚏打出来了，浑身舒服，万事大吉。

有些作家把文学的作用看得比较直接，希望在读者心中产生某种震动，比如鼓舞人们对于推动中国现代化的激情，促进高尚的道德规范……他们的作品和现实生活贴得很紧，有人提出文学要和生活"同步"。对于这样的作家，我是充满尊敬的。但我不是这样的作家。我曾经在一篇小说的后记里写过：小说是回忆，必须对热腾腾的生活熟悉得像童年往事一样。我认为文学应该对人的情操有所影响，比如关心人，感到希望，发现生活是充满诗意的，等等。但是这种影响是很间接的，潜在的，不可能像阿司匹林治感冒那样有效。我希望我的作品能滋润人心。中国唐代著名诗人杜甫有两句描写春雨的诗——"随风潜入夜，润物细无声"，可以用来描述某些文学作品的作用。

谢谢！

在"同步"说以后，我加了几句：我认为文学不是肯塔基炸鸡，可以当时炸，当时吃，吃了就不饿。

到耶鲁、宾夕法尼亚大学、哈佛，讲什么，我真有点发愁。主要讲稿是传统文化对中国当代作家的影响。但我觉得这题目很枯燥。我在爱荷华、芝加哥的讲话都是临时改换了准备的内容，这样反而较生动，到纽约见到郑愁予后和他商量商量，必要时随机应变。

我到纽约，本想带一套深色的西服，穿汪

朝给我买的双层夹克，后来考虑，还是穿那件毛涤纶的西服去，因为夹克的口袋浅，机票、钱，容易滑出来。穿涤纶西服，则可以放在里面不同的口袋里。

你到底要买什么东西？电动打字机、彩电加录像放映机？还是什么都不要，带报关的证件回大陆买？说定了，不要一会儿一个主意。

卉卉、方方的衣服要哪个季节穿的？单的？夹的？冬天穿的？我想还是买冬天穿的较合适。铺子里要问几岁孩子穿的，是不是说一个五岁的，一个四岁的？

古剑要求我把散文集、评论集的在台版税授权给他，我已复信说：可以。反正得在香港委托一个人，集中给一个人，省得麻烦。你寄给古剑的照片、小传等等，"新地"的《寂寞与温暖》要再版时加上。

我十四日回Iowa，希望你收到信后给我写一信，这样回来可以看到。

Program送与会作家一批书，自己去挑。我回Iowa后去挑。

我回来要吃涮羊肉。在芝加哥吃了烤鸭，不香。甜面酱甜得像果酱，葱老而无味。

听说北京开了一家肯塔基炸鸡店。炸鸡很好吃，就是北京卖得太贵了，一客得15元。美国便宜，一块多钱，两大块。

我要到外面草地上走走去。

曾祺

十月三十日下午

871115/16/17　致施松卿

松卿：

　　我又回来了。Mayflower是我们的家。蒋勋、李昂、黄凡都回来了。他们都说："回家了。"说在外面总有一种不安定感。昨天下午到的。在自己的澡盆里洗了澡，睡在自己的床上。今天早上用自己的煤气灶煮了开水，沏了茶，吃了自己做的加了辣椒酱的挂面，真舒服。我要写一篇散文：《回家》。虽然Mayflower只是一个Residence Hall。

　　我旅行了半个月。路线是Iowa City—芝加哥—纽约—纽海芬—费城—华盛顿—马里兰—费城—波士顿—芝加哥—Iowa City。

一路接待都很好，接，送。否则是很麻烦的。芝加哥、纽约、波士顿的机场都非常复杂，自己找，很难找到。纽约住王浩家，费城住李克、李又安家，马里兰住在马里兰大学的宾馆里，波士顿是住在一个叫刘年玲的女作家（即木令耆）家。回芝加哥是打电话请芝加哥领事（管文化的）王新民接我的。最后一站由西达碧瑞斯机场到Iowa City是赵成才请一留学生开车去接我的。

在纽约，头一天（三十一号）休息。第二天，金介甫夫妇开车带我们去看了世界贸易中心，即号称"摩天大楼"者。这是两幢完全一样的大楼，有一百多层，全部是不锈钢和玻璃的。这样四四方方、直上直下的建筑，也真是美。芝加哥的西尔斯塔比它高，但颜色是黑的，外形也不好看，不如世界贸易中心。看了唐人街、哥伦比亚大学。一号下午即被郑愁予（台湾诗人，在耶鲁教书）拉到纽海芬，住在他家。两天后回纽约。当晚在林肯中心世界最大的歌剧院看了歌剧《曼侬》。歌剧票价很贵，这个歌剧最高票价95美元。王浩买的是40美元的，二楼。这个歌剧院是现代派的，外表看起来并不富丽堂皇，但是一切都非常讲究。四号白天《申报》的曹又方带我和古华到"炮台公园"去看了看自由女神（我们在世界贸易中心已经看过一次）。远远地看而已。要就近看，得坐船（自由女神在一小岛上），来回得两个小时。不值得。就近看，也就是那么回事。四号晚上听了一个音乐会，很好。前面是瓦格纳的一首曲子，当中是贝多芬的第七交响乐，最后一个我没有记住（说明书不知塞到哪里去了），但曲子我很熟，演奏非常和谐。五号本来王渝要请我们看一个裸体舞剧，剧名是意大利语，我记不住，意思是"好美的×"。这个剧是美国最初的裸体舞剧，已经演了十几年，以后的裸体舞剧都比不上它。但王渝找不到人陪我们去。王浩没有兴趣（从王浩家到曼哈顿要走很远的路），我们也累，于是休息了一天。

我和王浩四十一年没有见了，但一见还认得出来。他现在是美国的名教授（在美国和杨振宁、李政道属于一个等级）。他家房间颇多，但是乱得一塌糊涂，陈幼名不在。但据刘年玲说，她要在，会更乱。这样倒好，不受拘束。王浩现在抽烟，喝酒。我给他写的字、画的画（他上次回国时托德熙要的），挂在客厅里。

李克、李又安是很好的美国人。他们家的房子是老式的，已经有一百多年历史，干净得不得了。因此我每天都把床"做"得整整齐齐的。他们的生活是美国人里很有秩序的。每天起得较早，七点多钟就起来（美国人都是晚睡晚起的），八点半吃早饭。李克抽Pipe，我于是也抽Pipe（王浩把他两个很好的旧烟斗送给了我——我到纽约本想买两个Pipe）。李又安得了肺癌，声音都变得尖细而弱了。她原计划今年到中国，因为身体不好，未成行。她想明年到中国去，我看够呛。她精神还好，唯易疲倦。她好像看得不那么严重。你给德熙打电话时，告诉他李又安得了癌。

Maryland大学请我去的是余教授，她是教现代中国文学的。到Maryland的晚上，她请客，开门迎接时说："我是余珍珠。"我以为是余教授的女儿。此教授长得不但年轻，而且非常漂亮。是香港人，英语、国语、广东话都说得非常地道。我演讲时她当翻译，反应极敏锐，翻得又快又好。李又安说她曾在联合国当过翻译，有经验。

费城没有什么好玩的。有一个独立厅，外面看看，建筑无奇特处，只是有纪念意义而已。因为下大雨，我们只在车里看了看。李克说里面就是一间空房子。到宾州大学博物馆看了看，"昭陵六骏"的两骏原来在这里！李克说他曾建议还给中国，博物馆的馆长不同意，说："这要还给中国，那应当还的就太多了！"晚上看了看馆藏东亚美术画册，有一张南宋的画，标题是Fishingman on the river，我告诉李克，这不是打渔，而是罱泥。李克在第二天我的演讲会上做介绍时特别提到这件事，以示"该人"很渊博。

华盛顿是非看不可的，但是正如那位娇小玲珑的余教授所说：不看想看看，看看也不过如此。去看了"大草坪"，一边是国会大厦，一边是林肯纪念碑。林肯纪念碑极高，可以登上去（内有电梯），但是候登的人太多，无此雅兴也。倒是航天博物馆开了眼界。阿波罗号原来是那么小的一个玩意儿（是原件），登月机看来很简单，只有一辆吉普那么大，轮子是钢的，带齿。看了现代艺术博物馆。毕加索已经成了古典了，展品大都看不懂。有一张大画，是整瓶的油画颜色挤上去的，无构图，无具象，光怪陆离。门口有一大雕塑，只是三个大钢片，但能不停地摆动。美国艺术已经和物理学、力学混为一体。看了白宫，不大。美国人不叫它什么"宫"，只是叫"白房子"，是白的。据说里面有很多房间，每星期一至五上午十点至十二点可以进去参观。我们到时已是下午，未看。

波士顿据说是很美的，我看不出来。主要是有一条查尔斯河，把许多房子都隔在两岸，有点仙境。刘年玲带我们去看了一个加勒夫人的博物馆。加勒是个暴发户，打不进波士顿的"四大世家"的交际界，于是独资从意大利买了一所古堡，原样地装置在波士顿。这是一座完全意大利式的建筑，可以吃饭，刘年玲说这里的沙拉很有名。我们都叫了沙拉，原来是很怪的调料拌的生菜。在国内，沙拉都有土豆，可是这种叫作"凯撒沙拉"的一粒土豆都没有，只有生菜！我对刘年玲说：我很怀疑吃下这一盘凯撒沙拉会不会变成马。去市博物馆看了看，很棒！宋徽宗摹张萱《捣练图》在那里。我万万没有想到颜色那么新，好像是昨天画出来的。中国的矿物颜色太棒了。我很想建议中国的文物局出一本"海外名迹图"。

在波士顿遇法国的一位Annie女士。此人即从法国由朱德熙的一位亲戚介绍，翻译我小说的人。她（和她的丈夫）本已购好到另一地方（我记不住外国地名）的飞机票，听说我来波士顿，特别延迟了行期。Annie会说中文，甚能达意。她很欣赏《受戒》《晚饭花》，很想翻译。我说《受戒》很难翻，她说"可以翻"。她想把《受戒》《晚饭花》及另一组小说（好像是《小说三篇》）作为一本。我说太薄了。她说"可以"。法国小说都不太厚。Annie很可爱。一个外国人能欣赏我的作品，说"很美"，我很感谢她。她为我推迟了行期，可惜我们只谈了半个钟点还不到。Annie很漂亮。我说我们不在法国、不在中国相见，而在美国相见，真是"有缘"。

我在东部一共作了五次演讲。在耶鲁、哈佛、宾大讲的是中国文学的语言问题，或中国作家的语言意识，或我对文学语言的一点看法，在三一学院和Maryland讲的是《传统文化对中国当代文学的影响》。在三一学院讲得不成功，因为是照稿子讲的，很呆板。听的又全不懂中文。当翻译的系主任说英文稿翻得很好，是很好的英文，问是谁翻译的，我说是我老伴，他说："你应该带她来。"同样的内容，在Maryland讲得就很成功。这次应余教授的要求，还讲了一点样板戏的创作情况。

我在Iowa City没有什么事了。二十号要讲一次美国印象。二十四号要到爱荷华州的西北大学演讲一次，我想还是讲语言问题——我对语言有自己的见解，语言的内容性、文化性、暗示性、流动性，别人都没有讲过。我在哈佛讲，有一个讲比较文学的女教授，说听了我的演讲可以想很多东西。

十五—十六日

《文艺报》的副主编陈丹晨来了，国内文艺形势大好，《文艺报》全班不动（我在国内听说要改组的）。昨天晚上华苓请丹晨，我带了二十个茶叶蛋去，在她家做了一个水煮牛肉。

过香港停留的手续昨天已经办了。（还是办一下好，你说过境可以停留一星期不可靠，万一不能停留怎么办？）手续费很贵，38美元。我如要提早回来是可以的，但我想还是住满了。而且过香港的手续是十二月十六日开始。

我的讲话《中国文学的语言问题》，《申报》要发表，明后天我要写出来（讲的时候连提纲都没有）。今天没有时间。《聊斋》已发表。王渝在电话里告诉我稿费请古华带来。

你要买什么，开一个清单寄来，不要三心二意，一会儿要买，一会儿又不要，我搞不清楚。——单独写在一张小纸上，不要在信里和别的话夹在一起说。

美国的天气很怪。到波士顿，夜里下了大雪。美国下雪，说下就下，不像国内要"酿雪"——憋几天。说停也就停了。下雪，很冷。刘年玲的丈夫说爱荷华要比波士顿低10℃，结果我到了爱荷华十分暖和，比我走时还暖，穿一件背心、夹克就行了。我到华苓家吃饭穿的是那件豆沙色的西服。不过昨天下了雨，夜里又冷了。

丹晨和老赵一会儿来吃饭，我得准备一下。

曾祺

十七日上午

871122　致施松卿

松卿：

　　你要的《莎士比亚全集》买到了。一厚册。三十七个戏剧和诗都在内。旧书店有两种，一种7.5美元，一种4.5美元，我买到前一种，因为字体稍大，纸张也好。这种书可遇而不可求。香港买，也不一定便宜。这会对你有用的。同时又买了一本《世界诗选》，这是一本总集体的世界诗选，是分类选的，如田园诗，爱情诗……老赵说这本书很好。也是7.5美元。《文学辞典》没有。老赵和我到旧书店的地下室看了半天，也没有。

　　今天下午我们去参加"美国印象座谈

会"。我讲了三点小事：林肯的鼻子是可以摸的；野鸭子是候鸟吗；夜光"马杆"。会后好几位女士都来摸我的鼻子（因为我说了谁的鼻子都可以摸，没有人的鼻子是神圣的）。聂华苓说："你讲得真棒！最棒！"我每次座谈都是挺棒的。

刚才我下去（我们住八楼）去看有没有信。那位墨西哥作家（即欣赏我的眼睛和脸的）说我的讲话像果戈理的故事。他太文雅了，讲话没有我那样泼辣。——他所以说我的讲话像果戈理的故事，是因为果戈理写过一篇《鼻子》的短篇小说。

买了一顶毛线帽子，旧的，0.75美元。回来洗洗，挺好。我原想买一顶新的，没有看到合适的。行了，这顶帽子一直可以戴到北京。除了告别宴会，不会有什么正式场合。参加宴会时把帽子塞到风衣或羽绒服口袋里就得了。

美国就要过感恩节了。有两起美国人请古

华和我吃饭。我得问问人，要不要带点礼物。

汪卉的画很好。她已经会写"卉"字了。我回来后要给她买一盒颜色，一个调色碟，几支毛笔，一卷纸，让她画大一点的。她好像有画画的才能。

小仉给我打电话来，瞎聊了一气。她到美国好像娇了一点了。她说这两天要给你写信。她在那里很累。英语写作班有一百五十人，两个人改卷子。美国学生英文又错得一塌糊涂。她想家，天天在算日子。

Iowa大学授予我一个荣誉研究员（Honorary Fellow in Writing）的头衔，我不知这有什么用。证书我留着，带回来看看。反正我也不会嵌在镜框里，把头衔印在名片上。

这里可买的东西我斟量着买，到香港要买的东西务必单在一张纸上开一个清单。我十二月十五日离Iowa，十七日中午到香港，在香港停四五天，即回北京。到香港后我会打电话回来，告诉你们航班号。我会同时给京剧院打个电话请院里派车接我一下。京剧院是否已搬到自新路去了？

我不想去西部了。Program十一月二十九日告别Party。只剩下半个月了，又跑出去折腾一下干什么？大冬天旅行，究竟不方便。住在人家，也不自在。——住在王浩家、李克家是自在的。我游兴不浓，因为匆匆忙忙，什么也看不到。我连纽约、华盛顿、波士顿的大概方位都不清楚，只是坐在汽车里由别人告诉这里是什么，那里是什么。我印象最深的是梵·高、毕加索、宋徽宗的画。感恩节到二十九日大概都坐不住，以后半个月我要写一点东西，《聊斋》、散文。

明天我和古华要到Iowa州的西北大学去演讲。我们都不想去，经费少，要坐"灰狗"（长途公共汽车），走三个小时，累死人。学生程度也不知怎样。我还是讲语言问题。

这几天大概要吃火鸡。美国的感恩节都吃火鸡。移民来到美国，发现美国土地如此肥沃，充满感谢，于是就有一个Thanksgiving的节。火鸡遍地跑，于是大家吃火鸡。火鸡不怎么好吃。大多是整只的烤的。

有四个外国作家来信，说保罗和聂华苓为Program工作了二十年，现在退休了，他们建议将Iowa大学的一所建筑以他们的名字命名，请同意者签名，我已经签了。我给华苓和Minita都写了一封感谢信。给华苓的写得很感伤。中文原底会带回来给你们看看（英文的请老赵翻译）。

与王渝通了电话，《聊斋》已发了两篇，还有两篇待发。她让古华带了35美元给我，我问她是怎么回事，这算是什么标准？她说她那天在书店里，身上只有那么多钱，不是全部稿费。我叫她把那两篇在我走之前发，稿费也在我走之前寄来。

生了暖气，太干，今天我把暖气关了。北京多少度（这里用华氏，我老是算不过来）？我想我的衣服在这里够了。我还没有穿尼龙裤，还有一件较厚的毛衣，一件羽绒衣，够了。

小仉问汪朝"怎么样"了，没有什么消息吧？

曾祺

十一月二十二日

871124/25　致施松卿

松卿：

　　我给聂华苓的信，原说是请赵成才翻译一下。赵下午从我处取走，中午即将中文稿交给聂。华苓在两点钟（我还没有睡醒）给我来电话，说这封信她将永远保存。原信如下：

　　亲爱的华苓：

　　　　感谢你。

　　　　你和保罗·安格尔创立了迄今为止世界上独一无二的伟大的、美好的事业——国际写作计划。

　　　　你向全世界招手，请各国作家到这

座安静、清雅的小城Iowa City来，促膝长叙，杯酒论文，交换他们的经验、体会和他们的心。所有的作家都觉得别人很可爱，并觉得自己比平日更可爱。这是受了你和保罗的影响，因为你们很可爱。

作为一个中国作家，我本来是相当拘束的。我像一枚包在硬壳里的坚果。到了这里，我的硬壳裂开了。我变得感情奔放，并且好像也聪明一点了。这也是你们的影响所致。因为你们是那样感情奔放，那样聪明。谢谢你们。

你是个容易感情冲动的人。因此，你才创立了这样一个罗曼蒂克的事业。这种冲动持续了二十年，伟大的、美丽的冲动。

你和保罗即将退休，但是你们栽种的这棵大橡树将会一直存在下去，每到秋天，挂满了绚丽缤纷的叶子，红的、黄的、褐色的……

谢谢你们！

汪曾祺

十一月二十四日

（原信个别词句可能有少许出入，此是就回忆追写。此信为便于翻译，是用英文句法写的。）

这是一封告别信，也是感恩节的信。后天聂的女儿蓝蓝请我们到聂家去过感恩节，估计聂又会提到这封信。她说她要翻给保罗听。

你也替我把这封信保存一下。我要写一篇关于IWP[1]的散文或报告文学，要引用这封信。我跟华苓说我要正式采访她一下，她同

---

1 IWP，即International Writing Program，国际写作计划。

意。坚持了二十年，不容易。这篇文章的题目可能是《聂华苓哭了》。Program继任者是谁，还不知道。现在是一个叫Frad的人代理一年。此人是大学的副教务长，人很好，但名望远不及安格尔，因此向人募集基金就有困难。聂已经向一个基金会筹集了一笔钱，每年两万四千美元，专供大陆作家（包括翻译费）用。聂对中国很关心，许多洋作家说她对中国作家偏心。她说过去就有这样的反映，"那有什么办法！"党和政府对于海外华人的赤子之心远远了解不够。台湾现在很拉她，Program在台已有分会……她明年要到台湾主持"华文作家讨论会"，大陆请她随后即来北京，不好么？后天我问清她何时去台湾，将给友梅写一封信。

二十四日

陈若曦来电话，说我送她的画和《晚饭花集》均收到（是托李昂带去的），她说对《晚》集"喜欢得不得了"（她说她全看了），但她没有坚决要求我去西部，所以我不想去西部了。十一月二十九日至十二月十五日，只半个月，我何苦去奔波一趟。我想就在Iowa City休息两星期，写写信，顶多写点散文，算了。《聊斋》续篇恐在此也难写，我得想想。你叫汪朗或汪朝给我买一套《聊斋》的全本。我带来的是一选本，只选了著名的几篇，而这些"名篇"（如《小翠》《婴宁》《娇娜》《青凤》）是无法改写的，即放不进我的思想。我想从一些不为人注意的篇章改写。你原来买过的《铸雪斋抄本》被我带到剧院，已不全。而且影印的字体看了也不舒服。你让汪朗或汪朝买排印本，且价廉的。我想改写《聊斋》凑够十多篇即交台湾出版。

《寂寞与温暖》销得不错。十月至十一月

已售一千册。——台湾一版两千册。

古剑要求我把评论集和散文集在台湾出版事宜授权给他，我已同意。让他得2%的好处也无所谓。我答应将《晚饭花集》授权施叔青。反正在国外就是这样，交情是交情，钱是钱。像林斤澜那样和浙江洽商《晚翠文谈》，门也没有。

Program让我们推荐将来参加的作家，我准备提林斤澜和贾平凹。但他二人身体均不好，贾平凹又拙于言辞，也很麻烦。作家最好能说会道。去年燕祥在此，即留给人印象不深，因为他太谦抑了。倒是阿城，魅力至今不衰。女人对他尤为倾倒。魅力最大的是刘宾雁，他在美国，几乎成了基督。这是应该的。

美国人对中国所知甚少。我在讲《林肯的鼻子》时说我回国后也许会摸摸邓小平的鼻子，一部分人大笑，另一部分人则木然，因为他们不知道邓小平是谁。及至聂华苓解释，他们才"哄"然一下大笑。我在北方爱荷华大学演讲，谈到"四人帮"时期的创作方法："三结合"、"三突出"、"主题先行"，他们觉得这太不可思议了。不过，还是听懂了。一个教中国现代文学的教授说：我原来讲"四人帮"时期的文学，他们都莫名其妙；你一讲，他们明白了。——我原来想讲语言问题，经和客座教授交换意见，认为那太深，临时改题……这样讲了半小时，效果甚好。

二十四日

爱荷华的树叶全落了，露出深黑色的树干。草也枯黄了。我在这里还有整二十天。很奇怪，竟然有点依依不舍的感情。

明天感恩节，应该送点礼物。蓝蓝的，我留一张画给她（是她自己挑的）。给聂华苓什么呢？黄凡送了我一个水晶玻璃的盒子，用来转送别人，不合适。茶叶还有，但她家里茶叶有的是。忽然想起，可以送她两支毛笔。装在一个锦盒里，还像样。我这二十天里不会再画画，也没有纸了。要画，还有两支用过的笔。——这两支是没有用过的。笔，我回来再买就是了。

已写信给梁清濂，问她剧院能否派车接我，让她回信寄至古剑处。

《一捧雪》后来不知演出过没有？我对这个戏比较满意，证明我的试验是成功的，小改而大动，这给戏曲革新提供了一个例证。演员也好。

我回去将给艺术室讲一次美国见闻。我曾经给出国的人提过意见：你们出了一趟国，回来也不给大家讲点什么呀？作法自毙。不过只是聊聊而已，用不着准备。我不会做大报告。

在美国报纸上看到沈公奇迹般地痊愈了，是吗？你打电话给张兆和问问看。我在耶鲁未见张充和，因为她已去敦煌。

我回去大概得办离休了。

收到此信，即复一信，估计还能收到。这是你寄到Iowa City的最后一封信了。有什么话，扼要地说说。

我要回来了，很兴奋！

曾祺

十一月二十五日

871204　致施松卿

松卿：

　　Program让我们推荐明年参加的本国作家，我本想推荐斤澜和贾平凹。但斤澜的心脏很麻烦，似不宜远行及在国外久住。贾平凹身体也不好。想推荐宗璞，她因老父亲多病，也不便离京。聂华苓倾向于请李陀来，也好。

　　我已将离爱荷华及到香港时间函告董秀玉、古剑、潘耀明。你要买的东西也开给古剑了。

　　前夜接到一个叫许以祺的来电话，他说在香港遇董秀玉，董让他告诉我台湾联合文学出版社要出那本《茱萸集》，让我签一委托书给许。三联仍在港出《茱萸集》，许说无妨碍。我在电话中答复他，可以。如在台湾出，当改名为《汪曾祺小说自选集》，这样于销路上有好处。那篇小序可以不要。我说《茱》集有些篇与新地出版社的《寂寞与温暖》相重，许说没关系。

Iowa下雪了，不大。我的衣服可以够穿。尼龙裤、羽绒服都还未拿出来。香港现在还热，我去了恐只能穿单西服。我把那件色浅而较小的送到洗衣店洗了，三块多钱，一个半小时就得了。

Program的作家都走了。Party因为保罗身体不好，大家没有闹得太晚，也不大感伤。约夜十一时回到Mayflower，几个拉美作家强拉我去他们屋里喝了一杯威士忌。他们说说西班牙语的作家都很喜欢我。我给那位墨西哥诗人画了一张画，塞进他的门缝（他不在家），他夜里两点钟敲门道谢。聂华苓很奇怪，为什么这些洋人会喜欢我，而且有些事为我打抱不平。我也不知道。那天晚上我用很坏的英语跟他们聊了一晚（他们的英语也不好），居然能讲通。

现在Mayflower只剩下三个人了：我、古华、钟晓阳。

我在爱荷华只有十一天了！十三号我要做几样菜请客。

曾祺

四日

871206/07 致施松卿

松卿：

　　已接许以祺从休斯敦寄来台湾联合文学出版社委托他作为出版社代表人和我订版权转让契约（这次是出版社找了代理人，不是我找代理人）。两种，一种是初版付10%版税，以后延续；一种是一次付清版税（即所谓"买断"），五万新台币，折合美金1500元。我倾向于后一种，省得以后啰唆！不过我两种都签了，由他斟酌。台湾出书很快，交稿后十天即可出书。这本书可能明年一二月即出。拿它1500美元再说。

　　我过香港停留许可已从芝加哥英领馆办

下，可以停留七天。我已致函芝加哥中国领事馆王新民领事，请他帮我办一下出境手续（我前在芝加哥已向他提出，他说没问题），临行前三四天再给他去个电话。他把我送上飞机，即无问题。香港方面，我已给董秀玉、潘耀明、古剑去了信，他们一定会接我的。临行前也要给潘耀明去个电话。到了香港，就踏实了。

两位黑人学者请我去聊了一晚。一个叫Herbert，一个叫Antony。Herbert在一次酒会上遇到我，就对我很注意。以后我每次讲话他都去听。他认为我是个有经验、有智慧的人。他读了四个学位，在教历史，研究戏剧。他跟我谈了他的一个剧本的构思，我给他出了一点主意，他悟通了，非常感激。跟他们谈了五个小时，使我明白了一些美国黑人的问题。他们没有祖国，没有历史，没有传统。他们的家谱可以查到曾祖父，以上就不知道了，是一段空白。因为是奴隶。他们不知道他们是从非洲什么国家、什么民族来的。非洲人也不承认他们，说"你们是美国人"。他们只能把整个非洲作为他们的故乡，他们不知道他们的族名。Black people、Negro都是白人叫的，他们不知道自己叫什么。他们想找自己的文化传统，找不到。美国的移民都能说出他们是从英格兰来的、苏格兰来的、德国来的、荷兰来的……他们说不出。

我从他们的谈话里感到一种深刻的悲哀。我说了我的感觉，他们说"Yes！Yes！Yes！"

我这才感到"根"的重要，祖国、民族、文化传统是多么重要啊。我们有些青年不把民族当一回事，他们应该体会一下美国黑人的感情。他们真是一些没有根的人。Herbert说《根》那本书是虚构的，实际上作者没有找到根。他们说Iowa种族歧视好一些，有些地方还很厉害。种族歧视的取消，约翰逊起了很大作用。Herbert出去当了四年兵，回来时发现：这是怎么回事，全变了。黑人可以和白人坐一列车，在一个餐馆吃饭。但是实际上还是有区别的。白人杀了黑人，关几年，很快就放出来了；黑人杀了白人，要判重刑，常常是一辈子；黑人杀黑人，政府不管：你们杀去吧，这样才好！

他们承认，美国黑人大部分都很穷、很脏，犯罪率高。我问他们这主要应该由制度负责，还是黑人自己负责。他们沉思了一下，说主要还是制度问题。从南北战争到现在，二百多年了，黑人始终不能受很好的教育，住得不好，吃得不好，所以是现在这样。我说黑人当中正在分化，一部分受了教育，成了中产阶级，一部分仍处在贫穷状态中，是不是这样？他们说：是。我在芝加哥看到不少黑人女人，穿戴很讲究，珠光宝气。有些人，比如他们，已经是大学的学者。他们说中产阶级是有的，但黑人里没有一个是大企业主。本届总统竞选，有一个候选人是黑人，这是历史上没有过的。我问他们上升为中产阶级的黑人，在"心态"上比较接近白人，还是比较接近下层黑人，他们不假思索地说："白人。"因此下层黑人也不把上升为中产阶级的黑人当作自己的人。说"你们和我们不一样"。我问，下层黑人希望你们为他们做什么，他们说："他们希望我们替他们说话，但是我们不能这样做。鞋子只能自己提。能解决他们问题的，只能是由他们当中出来的人。我们，只能写他们。"黑人问题是美国一个大问题。我问他们怎样解决，革命，这是不可能的。他们说，只能通过教育。这是美国阶级斗争的一种很特殊的形式。最后Herbert问我："我们找不到自己的历史，你说我们应该怎么办？"我说：既然找不到，那就从我开始。他说："That's right！”

（此信这一部分请代为保留，我回来后也许会写一点关于黑人问题的文章。）

我想这篇文章的题目可以是《悬空的人》。

十二月六日

Herbert要了解中国的京剧，我把那份英文稿送给他了。

就在Herbert等找我聊天的当晚，发生了一件事：我的房间失窃。这位小偷不知是怎么进来的。搬走了我屋里的电视机，偷了我600美元现款。就在我熟睡时。这位小偷挺有意思。除了这些东西，他把我的毛笔、印泥、空白支票本、桌上不值钱的（别人送我的）小玩意儿都拿走了。连同我给汪卉买的系小辫的小球球也拿走了。把我的多半瓶Vodka拿走了。他一定还尝了一口，瓶盖未拿走。刚才我才发现，把台湾《联合日报》副刊主编陈怡真（女）送我的一个英国不锈钢酒壶也拿走了。瓶里有聂华苓给我灌的威士忌。今天下雨，冷，我想喝一杯威士忌，才发现酒壶也叫他拿走了。聂华苓说Program将从基金内开一张支票给我，说：你到香港可以给孩子买点东西。她很抱歉，发生了这样的事。这类事在Iowa发生得不多。我第二天即通过老赵报了警。警察也代表Iowa City道歉，他说两三天内可以侦破。不过按美国惯例，退还赃款得要半年。因此，聂华苓说给我开一张600美元的支票，我就拿着吧。Program没有多少钱，但600美元在Program还不算什么。保罗说幸亏我当时熟睡未醒，否则将不堪设想，"该人"会给我一刀。Iowa治安是很好的，竟然发生了这样的事。美国治安可见一斑。从这位"雅贼"的行径看，此人肯定是一酒徒，说不定还是吸毒者。他知道中国人身边爱存现款（美国人家一般不存100美元以上现款，都是开支票）。这件事本不想告诉你，现在聂华苓已解决600美元，还是告诉你吧。这不怪我，身边有那么多现款是因为到东部旅行而取出来的。聂华苓说我们走时将给我们开"旅行支票"，这样就保险了。不过旅行支票国内能取么？

我倒还没什么，古华吓得不得了。现在Mayflower八楼只有三个人住：古华、我，还有钟晓阳。我跟聂华苓通电话，觉得还是不告诉钟晓阳为好，免得她害怕。聂同意，但嘱我们以后如有人请客，最好带她一同去，一个二十三岁的女孩，一个人住两间房，是有点怕人。

近日镜中自照，觉得我到美国来老了很多，很明显。这样好，免得麻烦。承认已到晚年，心情是很不一样。

聂华苓听说陈怡真送我的酒壶丢了，高兴极了，说："我正想送你什么好，这下好，我再买一个送给你！"她知道你给我的皮夹子也丢了，说："正好，我有一个很好的皮夹子。"我的皮夹子里没有什么，只有几十元的人民币，这位贼把人民币偷走，干什么用呢？幸好，他没有把我的护照、机票拿走，否则就麻烦了。古华分析，此贼很可能是对我喷了轻量的麻醉药，否则不敢如此从容（他把我每个抽屉都翻了一遍）。可能。据昨日遇到的一位研究细胞的女学者说：美国现在有一种轻量麻醉剂，醒来后毫无异常感觉。此事亦我美国奇遇，可记也。

六日

美国的治安真是不好。刚才老赵电话中告我，Minita听说我失窃，很不好受。她说美国好像专偷作家。韩国诗人吴世荣（此人和我很好）在三藩市所有的东西，包括现款、支票都被人偷了。菲律宾的一位女作家在纽约机场排队时，一只手提箱被人拿走。我回来可就这种现象写一篇《美国家书》——我准备回来写一系列散文，总题为《美国家书》。

我离回家还有一个星期，我就看看书吧，看看安格尔的诗、聂华苓的小说（包括她翻译的亨利·詹姆士的小说——詹姆士的小说真是难读，沉闷得要死），还有别人的作品——美国华人作家寄给我不少他们的作品。读读海外华人的作品也很有意思，和大陆的全不一样。有的像波特莱尔，有的像D. H. 劳伦斯。他们好像打开了我多年锈锢的窗户。不过看起来很吃力，我得适应他们的思维。我这才知道，我是多么"中国的"。我使这些人倾倒的，大概也是这一点。

致同乡友人

43□□□□　致朱奎元[1]

奎元：

　　我大概并未神经过敏：我们之间曾经发生过一点小小不愉快事情。

　　我两天来一直未能摆脱此事，则知你的生活也未必不受此影响。这点事实与推想，教人明白我们过往这些日子并未白费，证明我们关系并未只是形式。我非常自然地想到你与冯名世。思想范围既已不黏着在那件完全出于偶然事情上，心境便清爽平和得多。而觉得不可避

1　朱奎元（一九一五—二〇一一），江苏高邮人。作者高邮中学的同学。

免的冲动实在不应当支持下去。人有比自尊更切需的东西。

我把一向对你的了解在心里重新誊清一次：把你的性格，你的生活历程，你近日来的情绪，大概排比一下，对你的言行似乎更能同情。——你觉得"同情"两字有点刺伤你的骄傲么？所幸我自知并未居高临下地说这句话。

另一面，我也尽能力分析一下自己，也并未懊悔。你相当知道我的随便处与严肃处。知道我对于有些事并不马虎。尤其，我近来感情正为一件事所支配，我愿意自己对一些理想永远执持不变，并且愿意别人也都不与我的理想冲突。这两天最好我们不谈起有关女孩子事情。

因为想这些事，也连带想起许多别的事。我甚至于想到一生的事情，一切待面谈，写信有时免不去装腔作势。

我十二点钟来找你。怕你明天早晨不在，

才写信。

明天也许在决定我生活方向上是一个相当重要的日子：我们系主任罗先生今天跟我说，先修班有班国文，叫我教。明天正式决定。他说是先给我占一个位置，省得明年有问题。这事相当使我高兴。别的都还是小，罗先生对我如此关心惠爱，实在令人感激。联大没有领得文凭就在本校教书的，这恐怕是第一次。

好，十二点钟等我。

曾祺

440424/25　致朱奎元

奎元：

　　你走的那天是几号，我不知道，是星期几也不清楚，我近来在这些普通事情上越发荒唐的糊涂了，我简直无法推算你走了已经多少时候。幸好你自己一定是记得的。你记得许多事情，这一天恐怕将来任何时候都在你心里有个分量。什么时候我忽然非常强烈地想知道我们分别了多久，你一定能毫不费事地告诉我。我放心得很。我想问的时候一定有，但不知那时还能够问你否。我近来伤感如小儿女，尽爱说这种话，其实也就是说说，不真的死心眼儿往多么远处想。你大概不以为怪吧。

你动身时自己也许还有点兴奋，这点兴奋足以支持你平日明快的动作，就像阴天的太阳，可以教人忘记阴天（太阳只是个比喻，你走时是下点点雨的）。我是一夜未睡，恍恍惚惚的，脑子里如一汪浊水，不能映照什么，当时单看到那点太阳（那些明快的动作）。连动作其实比平日慢了些也不想到，所以还好。振邦怎样，我不知道，我是一车子拉回来就蒙头睡了。那一阵子应当难过的时间既过去，也就没有什么了。人总是这样，一种感情只有一个时候。以后你如果要哭，你就哭，要笑，就笑吧，错过那个神秘的时候，你永远也找不到你原来的那个哭，那个笑！

我自然还是过那种"只堪欣赏"的日子。你知道的，我不是不想振作。可是我现在就像是掉在阴沟里一样，如果我不能确定找到一池清水、一片太阳，我决不想起来去大洗一次。因为平常很少有人看一看阴沟，看一看我，而我一爬出来，势必弄得一身是别人的眼睛了！你不了解我为什么不肯到方家去，到王家去，不肯到学校里去，不肯为你送那张画片？但是除了南院之外，我上面所说地方差不多全去了，我是在一种力量衰弱而为另一种力量驱使时去的。于此可以证明，我并非不要生活，不要幸福。自然，你路上会想到我，比你平常想到时更多。平常，我在你的思索中的地位是西伯利亚在俄国，行李毯子在床底下，青菜汤在一桌酒筵上；现在，正是那个时候，你想起我的床、我的头发、我的说话和我的沉默了。所以，我告诉你这些。你希望我下回告诉你另外一些东西，希望我不大想起你那座小楼（因为我常常想起小楼时即表示我常想到那里去，表示我不能用另一个地方代替它）。

　　我缺少旅行经验，更从未坐过公路车子，不能想象你是如何到了桐梓的。我只能从一些事情连构出你的困难：一个人，行李重，钱不多……这些困难是不可免的，必然的，其他，还有什么意外困难么？昆明这两天还好，没下雨，你路上呢？车子抛锚没有？遇险没有？挨饿没有？着凉没有？这些，你来信自然会说，我不必问。

到了那边怎么样呢？顾先生自然欢迎你，不然你没有理由到那里去。自然也不欢迎你，他信上说得很明白恳切。你必不免麻烦到他，这种出乎意料的事，照例令人快乐，也招人烦恼。我不知道你所遭到的是什么。如果他的招待里有人为成分，希望你不必因此不高兴。如果他明白他的麻烦的代价是非常值得的，以那种小的麻烦换得十分友谊，减少一点寂寞，他会高兴的。

我信到时，你的预定计划不知开了头没有？你必须在计划前再加一笔，就是如何计划实行你的计划。这几天的浪费是必须的。一些零零碎碎事情先得处理好，就像住房子，吃饭，都得弄好，然后你才能念书，才能休息。

这些琐屑事情，你比我会处理，大概不会因此生气。你的生活情形自然会告诉我的。

你要我写的文章，一时不能动手。你大概不明白我工作的甘苦。文章本身先是一个麻烦。所写的题目又是一个麻烦。我如果对一个对象没有足以自信的了解，决无能下笔。你有许多方面我还不知道，我知道你不少事情，但其中意义又不能尽明白。我向日虽写小说，但大半只是一种诗，我或借故事表现一种看法，或仅制造一种空气。我的小说里没有人物，因为我的人物只是工具，他们只是风景画里的人物，而不是人物画里的人物。如果我的人物也有性格，那是偶然的事。而这些性格也多半是从我自己身上抄去的。所以我没有答应你一时就写出来。这并不是说我不答应给你写一点东西。你等我自己的手眼进步些，或是改变些，才能给你写个长篇。不然我只能片面地取一点事情写点短东西。而，不论长短，我仍旧不会用我的文字造一个你，你可以从其中找到你就是了。我的迟迟着笔和絮絮申说，无非表示我对于你的希望和我的工作都看得很重。我看重我的工作，也正是看重你的希望。

任振邦自然会写信给你，我要告诉你的事情他自己会说。我对这宗事有点直觉上的悲观。他的"懦弱"实正并不是懦弱，这点我倒是相当欣赏的。现在这点懦弱已经由你，由陈淑英，自然也由他自己除去了，可是我更相信他的事情仍和常见的事一样，在开始之前就结束了。我老实说这回事不是我所向往的、赞赏的。我梦想强烈的爱、强烈的死，因为这正是我不能的，世界上少有的。他的事，跟我的事（不指哪一桩事）是世俗的。这种世俗的事之产生由于不承认每个生命的庄严，由于天生中的嘲讽气质，由于不得已的清高想法，由于神经衰弱，由于阳痿，由于这个世纪的老！你知道我并不反对他的事，正如我不反对我自己的事一样。我所以悲观，正因为这是无可奈何的事。我们能做的，只是在这个整个说起来并不美丽的事情当中寻找一点美丽了。这点美丽一半出于智慧，一半赖乎残余的野性。野性就是天性，我的小说里写的是这种事情，我也以这种事鼓励人，鼓励我自己。

今天早上做了一个梦，梦见我父亲到昆明来了。他不知怎么径去找了L家孩子，自然你可以想见昆明在我的梦里着色了、发光了，春天是个完全的春天了。好玩得很。醒来我大回味一气，于是忘了去吃饭，于是饿到下午三点半！这就是我，我是个做梦的人。

吃了饭，在马路旁边沟里看见一个还有一丝气的人。上身穿件灰军服，下面裤子都没有。浑身皮都松了，他不再有一点肉可以让他有"瘦"的荣幸。他躺在那里，连赶走叮在身上的苍蝇的动作都不能做了。他什么欲望都没有了吧，可是他的眼睛还看，眼睛又大又白，他看什么呢？我记得这种眼睛，这也是世界上一种眼睛。英国诗人奥登写一个死尸的眼睛，说"有些东西映在里面，决非天空"，我想起这句诗。我能做什么呢？现在他大概硬了，而我在这里写他。我不是说我是写"美丽"的么？

而这回事跟我的梦在一天。

我不知道为什么要告诉你这些。我也想到我的死填沟壑，但我想这些事情，不是因为想到自己的死。你也想到这些事么？你应当想想，虽然我们只能想想。

我好久不写这种散漫的信了。我先后所说各事，都无必然关系。要有关系，除非在你把它们放在你看完之后产生的感想上。这个感想，可能是：这个人是消沉的。

我不知道我是否消沉，但是我愿意说，我不。

好了，我又犯了老毛病了。我这是干什么，我咳嗽了三四天，今天头疼不止，到现在还不睡觉，写这种对于谁也无益处的信！

问候顾先生。

曾祺

廿四日夜三时

为你的紫藤花写的那几句东西想改一改，自然一时不会抄了送去，也许永远不会。我的灯罩子不知何日动工，至少总得等我不常常饿到三点半的时候。海口自然去不成。任振邦教我常常去玩玩，给他讲讲词，我也没有去，穷得走不动也。你在张静之处小说也没去取。刚才以为要病倒了，还好，不至于。我怕生病甚于死。死我是不怕的。

信写完，躺下时我记得你是星期六走的，你跟徐锡奎说过"我自然走，我星期六就走！"

廿五日

440509　致朱奎元

奎元：

　　前天晚上十一点多钟文林街上遇见振邦。当然他那天在文林街决不止过了一次了。他问我要不要钱，借了一千元给我。一路走，谈起的不外是那几个人、那几回事，都是熟的。有一桩事，要说也是熟的，可是听是第一次听见。你把这次的旅行真弄成个旅行了？你想还记得，你说过的。一切作风，真是你。你很可以写一篇崭新的论文，"花溪与道德"。我说论文，不说小说，说诗，是尊重这个题目的庄严性。我向来反对开玩笑。我想知道你的行动有些什么"理"做底子。你的故事里浸染了你

134

那种人格。

自然，现在，事的意义作用价值都还与事混在一处，未能泌发出来。那你先说说这个故事。故事如未能周细析说，说说那个人。你让我写文章，这倒是可以写文章了。我要写，一定从你在昆明写起。而且，一定把你写得十分平凡。你愿意如此还是不？

我还是那样。平平静静，连忧愁也极平静。一月来，除了今天烦躁了半点钟，其余都能安心读书做事，不越常规。即是今天，因为连着写了五封不短的信，也差不多烛照清莹、如月如璧了。语或不免过实，但也仿佛不离。教书情形还好，只是钱太少，学生根基不好，劳神又复得失不相偿。但愿这两方面有一方面能渐改好。我读了几本昆虫学书籍，对小东小西更加爱好。这是与平静互为因果的。百忙中居然一月写了三万字，一部分是自传，写我的家，我的教育，我的回忆和"回忆"；另一部分仍是自传，写近一年种种，写那种将成回忆的东西。前一部分平易明白，流活清甜，后一部分晦涩迷离，艰奥如齐梁人体格，所以然者，你很清楚。

唉，要是两件事情不纠着我，我多好。像这样一辈子，大概总应有点成绩。第一，钱。你或许奇怪我应当说，第二，钱，你以为我第一要说别的。诚然，可是说钱者说的是我父亲。穷点苦点，哪怕就像现在，抽起码烟，吃起码以下的饭，无所谓。就像前天，没碰到振邦以前我已经饿了（从十一点到十一点）十二小时，而我工作了也比十二小时少不多少。振邦看见我时我笑的，真正的笑，一种"回也不改其乐"的喜悦（跟你说，不怕自己捧），他决想不到我没吃着晚饭。就像这样，我能支持。我不能支持的是父亲对我的不关心，甚至，不信任。就像跟你的拨钱的事，你万想不到我为之曾茹含几多痛苦。这与你无关，正如你为这笔款子所受痛苦不能怪我一样。你知道我对我父亲是固执地爱着的，可是我跟他说话有时不免孩子气，这足以使他对我不谅解。而且我不能解释，这种误会发生是可悲的，但我只有让时间洗淡它。因为我觉得我一解释即表示我对他（对我）的信任也怀疑了；而且这种事越解释越着痕迹，越解释越增加其严重性。没有别的，我只有忍着。我自己不找人拨钱，要等父亲自动汇钱给我，因为这么一来，一切就冰释了。自然我现在已经过日子不大像人样，必不得已，我只好先拨一点。（我一面跟你这么说，一面我已经想法拨了，虽然是懒懒的，因为我总得活。）可是我父亲如果一直不如我所想，自动汇钱给我，我也决不怨他。莫说他不会，当然我和你一样知道他不会。可是他不汇，是因为别的，你可以像我一样制造出许多理由来。对我说假话，也好，莫说一句伤我心的话。而且你说的假话不假，他一定的，一定在他最深的地方，在他的人性、父性，他的最真实的地方有跟我一样的想法。他关心我，也信任我，我所以怕他，不正因为他曾经是。

我多复杂、多矛盾，你懂我。这些想法，反反正正常拉住我，像哪张电影里的那锅糖，把我粘住了。

现在说第二。第一、第二不以轻重分，因为这其间无轻重可言。

我从来没有说过L家孩子一句抱怨的话是吧？现在，我的欢喜更是有增无已。我自从不找她以来就没有找过她。我没有破坏我的约言，（她在曲靖时我写信催她回来，说，回来至少可以不看我这些冒冒失失噜噜苏苏的信。）我没有写一个字给她，虽然我是天天想去找她，天天想写信给她的。我常常碰到她，有时莫名其妙地紧张，手指有点抖，有时又像是什么也没有发生过，虽然都不说话，但目光里有的是坦白、亲爱。若是我们两个都是单独的，则相互看着的时间常会长些，而且常是温柔（你莫以为肉麻，我说温柔是别于激动）地笑一笑。我们不像曾经常在一处又为一点心照不宣的事撇开了，倒像是似曾相识，尚未通名，仿佛一有机缘就会接近起来似的。

当然我有一天会去找她。我想她会毫不奇怪地跟我出来。过去那点事本来未曾留什么痕迹，现在当然不必提起。也许再过好些日子，到我们可以像说故事一样说起这一桩事，彼此一定觉得极有意思，大概还要羞着玩。如果我再去找她，一定是像找一个还不怎样认识的人一样，而我的等待，也正是等待那一个时期，像等一只果子熟了。纪德说：

第一的德性：忍耐。

我与纯然的等待全不相干，宁与固执是有点相似的。他算把我说对了。然而，我不是睿智的哲人，我有我的骚乱呵。就像今天半小时

139

（何止！）的烦躁，我有甚理由可以解说。

我这一类话一开头就没有完，你腻烦不？

祝福

曾祺

五月九日

440522　致朱奎元

奎元：

收到来信，已近一周。我早想给你写信，远在你信到以前就想写了。可是我没有。我试动笔两次，都不知道说了些什么。也是因为近来相当忙碌。我又得教书，又得写文章。教书不易偷懒，我在一个制度之中，在一个希望之中，在一个隐潜的热情环围之中。写文章更不能马虎，我在这上头的习惯你是知道的，你知道我多么矜重于这个工作，我像一个贵族用他的钱一样用我的文字，又要豪华，又要得体，一切必归于恰当。因此，我的手不够用，虽然我的脑子、我的心是太充沛、太丰足，我像一个种田人望着他一地黄金而踟蹰。大体上说来我的精神比较你走开时年轻得多，我直接触到许多东西，真的，我的手握一个东西也握得紧些了，我躺在床上觉得我的身体与床之间没有空隙，处处贴紧。然而因此我也没法写信。

连烦忧也年轻了。

昨天晚上细雨中回来，经过一座临街小楼，楼窗中亮着灯火，灯火中有笑声，我一听就听出来，那是L家孩子。我想，我把手上那个纪念戒指扔进去。我想那戒指落在楼板上，有人捡起来，谁也莫名其妙，她是认得的，……我简直听见戒指落地的声音，可是我一路想着已经到我的巷口了，虽然我的戒指已经褪在手里。

昆明又是雨季了。据说昆明每隔五年，发水一次，今年正是雨多的时候。你还记得我们来昆明那年，翠湖变得又深又阔，青莲街成了一道涧沟，那些情形不？今年又得像那个样子了。那，怎办？

独立廊前，看小院中各种花木在大雨中样子，一时心中充满忧郁，好像难受，又很舒服，又蹙眉，又笑，一副傻相，一脸聪明，怪极了。

我认识L家孩子正是去年雨季中程未艾时，那个时候就快来了。想想看，快一年了，真快！我住这个小院子里也快一年了。院中各种花一一依次开过，一一落去，院中不住改换颜色、改换气味，这些颜色气味中都似融有我生命情感在内。现在珠兰的珠子在雨里由绿而白了，我整天不大想出去。远处有鸟雀叫，布谷鸟听来永远熟悉，雨也许小了点，我或许又会漫无目的出去走走。一切自自然然的就好。

（有一天大雨中我一个人在翠湖里走了一黄昏，弄得一身水、一头水，水直流进我眼睛里去。）

我已经够忙了，但我还要找点事情忙忙。

我起始帮一个人编一个报，参与筹谋一切。我的小说一般人不易懂，我要写点通俗文章。除了零碎小文之外，有计划写一套"给女孩子"，用温和有趣笔调谈年轻女孩子各种问题。现在正在着手。印出来之后寄你看看。

我并未放弃暑假出去走走打算。不过这件事与我的编报不相妨碍。那个主持人很能干，有眼光，我只要看他弄得上路了，随时都可以放手。

密支那克服了，我高兴。不过我不一定到那里去。也许我跟一个人徒步到滇南滇西一带玩去。若能坐驮运车，随处游览，自然也好。

我还是穷。重庆那笔钱已经接洽好，我已经接到家里信，说已送了去，可是那边一直不汇来！不过不要紧，我已经穷出骨头来，这点时候还怕等吗？你只要想我不久就可稍稍阔起来，有两件新大褂、一双皮鞋、一双布鞋，有袜子，有手绢，有纸笔，有书，有烟，有一副不穷的神情，就为我高兴吧。

我想给你买两本书，我知道你要书。即使你不要，我也要寄给你。我不能设想没有书的生活。

你的国文，我以为没有一个具体办法或简便办法很快地弄得很好。不过是多看，多写。而且，乱看乱写。随便什么都可入之于目，出之于手，只要是你喜欢的。因为我们已经大了，所喜欢的即便不是最好的，也是不坏的。而且我像你自己所信任的一样地信任你，你有taste。

你的信虽然乱些，仍是生动的、言之有物的。

至于文言，那是容易事情。如果你愿意，你可以写点东西，我逐篇看看，改了再给你寄回去。

我十分想念阿宁。我每天想去看L家孩子，每星期必想到去看阿宁。你考虑她的教育，自然很是。不过往回一想，又觉得没有什么严重。而且，谁能于此为力呢？换一个环境，换一种教育，一定会比这样好些，好得多吗？真正贤明的教育家怕也会踌躇。

我告诉你，我那笔钱中有一个用处早在计划中了，就是到海口的旅费，阿宁的糖果玩具和书。

昨天路上看到阿宁姨娘，她在车上认出了我，我装作没有看见她，装作我不是我。

我老是装作不是我的。

有一次方继贤太太不是说我没有招呼她吗？我说我没有看见她。我没有看见才怪！

不行了，我要出去走走，虽然雨又大起来了。

你看我的字，我一直没有把心弄得像L家孩子的头发一样平伏，我的心像陈淑英的走路一样。

谢谢你那个用三个人照顾我的心。其实我

会照顾自己，只要不穷。我想写两个长篇小说，像这样的生活可没法动笔。能有张静之家西山那座房子住着，我一定写得出来。

把张小姐照片给我看看。我的报出版，文章印出来会寄她一份。

曾祺

五月廿二日

440609　致朱奎元

奎元：

　　我心里还是乱得很，本来不想写信。若不是有点事情找你，大概你至少得再等一个星期才会收到我信。（自然写信也不一定在平静时候，可能更短期内，我会想起一点话跟你说，只是不容易说得好、说得有条有理的；虽然你也许从此处能了解我的生活，我的心。）我根本不对现在所写的信抱一点希望，而且我早已很疲倦了，这时候倒是应当读别人来信的。所以，这封信算是"号外"。你等着下回。

　　第一，我被我的思想转晕了，（你设想思想是一辆破公路上的坏汽车，再想想我那次在近日楼的晕车！）我不知是否该去掉一向不自觉的个人主义倾向，或是更自觉地变成一个个人主义者。或者，我根本逃避一切。话说来简单，而事实上我的交扎情形极端复杂，我弄得没有一个凭对澄清的时候，我的心里的沉淀都搅上来了。

最近的战争也让我不大安定，这个不谈。

我的"虚无"的恋爱！

报纸事情不大顺利。

我穷得更厉害。

土司请我去做客卿，有人劝我不要去。因为那边法律跟我们不一样，可能七年八年回不来。

…………

种种原因，使我的文章都写不下去了。我前些时写的几万字的发表搁置销毁都成了胸中不化的问题。

现在，说我那件"事"：

审查处现在是司徒掌大权，陈保泰不大管事。我们这个报不免跟他打交道，他又是专"刻"刊物的。你能否给我写封信给他？再写个介绍信给我，我好去找找他，让他帮帮忙？

陈淑英的恋爱观也许太健康，太现实了。我在振邦处看见她的信，那么一泻无余，了无蕴藉的，令人不能完全欣赏。她说她是"热带人"，我觉得热带人应当能燃烧人心，她似乎不大有意如此，而且又不故意不如此。自然我是空话。我近来觉得女孩子都不够深刻，不肯认真。

振邦处我最近去了一次，把你给我的信带给他看看。

我近来不好，对任何人任何事都不能完全欣赏。我渴望着崇拜一个人，一件事。

你见过蛇交么？我心里充满那么不得了的力量。

我的身体是否还好？它能否符合我的心，

会不会影响我的心？

我现在是不正常的，莫相信我。我不是英雄主义者。

我想喝酒，痛痛快快的。

激烈的音乐！

我的嘴唇上需要一点压力！

曾祺

六月九日

信寄民强巷四号

4407□□　致朱奎元

奎元：

　　振邦不在家，我偷看了你给他的信，觉得你过得不坏。

　　我没有更好的法子报告我的生活。只有说，这是一种无法写信的生活。

　　我近来老是在疲倦之中。你在的时候，我常常开夜车，每天多是睡六七小时，可是我那时的精神并不坏，我的红眼睛里看"□□□"，现在，不行啦。我老是忙，老是忙。事情当然也多些，不过真忙的是我的心。我时时有"泪余若将不及兮"之感，时时怕耽误事。真怪，如果我仍然像以前一样浮云般地飘来荡去，未始不可以，可是我不想那么做。即便真在飘荡时我也像一朵被风赶着的云，一朵就要落到地上变成雨的云，我不免感到时间和精神都不够用了。

这一个星期以来，我常常随便倒在什么地方就睡熟了。然后，好像被惊醒似的又跳起来。我不时发一点烧，一点点，不高。还好，不是一定时候，不在下午。

我伤风咳嗽，头昏昏的。

我要安定，要清静。这一向我整天跑，跑市政府，跑印刷局，跑报馆，跑这个那个。我得不偿失，我简直没有念一本过三百页的书，没有念一本好书！

好了，学校马上放假，我比较闲些了。至少第一天晚睡第二天可以不必起早。那时候报可以出版了，以后只须集稿，送审，付排，不用各处求爹爹拜奶奶的。姐姐的钱即可寄到，我另外还可弄得一点钱，我可以稍稍舒服地过点日子。我没有理由那么苦修，是不？没有理由，没有！

当然，我可以看看阿宁去了。我现在忙得连想她的时候都不多了。

当然，我可以给你好好地写信了。

当然，我可以读书，写文章，我可以找我冤家去了。

"干杯干杯"，为我的解渴的幸福"干杯"！

不过事情也许不尽然。第一，我现在很担心战争。你莫笑，我许把自己送到战争里去。我现在变得非常激烈。

再则，那个迤南土司三顾茅庐，竭力望我去。（去做什么，我也不大清楚，大概他自己也不大清楚。）冤家如其依旧是冤家，我一憋气，许会真到山里做隐士去。瘴气，管它！性命危险，管它！我的"不忠实盲肠"，管它！我的小肠气，我的牙疼，我的青春，管它！

或许，我到军队中做秘书去。

或许，我会到一个大学里教白话文习作去。

或许，什么也不动，不换样子，我还是我，郎当托落，阑阑珊珊！

我想把未完成的《茱萸集》在我不死，不离开，不消极以前写成，让沈二哥从文找个地方印去。

为什么不来信！

为什么瞒我许多事！

我要抱一堆凉滑柔软的玫瑰花瓣子！

曾祺

我冤家病了，我去看了一次，她自然依旧对我那么（不能令我满足的）好。我明天想送她去住院，我的钱一时寄不到，只有向振邦暂借了。

440726　致朱奎元

奎元：

　　我近来心境，有时荒凉，有时荒芜。即便偶然开一两朵小花，多憔悴可怜，不堪持玩。而且总被雨打风吹去，摇落凋零得快得很。要果子，连狗奶子那么大一点的都结不出。这期间除了一些商量汇钱托付事俗的小条子之外，我简则就没写什么。而正因为那些小条子写得比往日多，我便不能好好给人写一封信。这二者是不能并存的，你知道。我越想写，越写不成。扯了又扯，仍然是些空洞无聊局促肮脏的话，文字感情都不像是我自己的，这种经验你应该也有过。写的时候，自己痛苦，寄了出去，别人看了也痛苦。不必为我的生活和我的精神，就单是那种信的空气，就会让人半天不爽快，半天之内对于花、对于月亮、对于智慧、对于爱，都不大会有兴趣。所以你应该原谅我。你看，我给章紫都没有写信。

刺激我今天写信的，除了你和我，之外还有张静之。下午，我在头昏，直接侵犯脚趾的泥泞，大褂上的污垢和破洞，白头发和胡子所造成的阴郁中，挟了两本又厚又重的书从北院出来，急急想回去戴上我那顶小帽子，坐到廊下，对雨而读。迎面碰到三个女孩子，其中一个是张静之。这时候我是一个人也不想碰见的！可是没有办法，她已经叫了我，问："联大报名在哪里？"我只好把两本书放回去，陪她们去一趟了。一路她问起你，问你有没有信来。我嘴里回答她，心想，可该写一封信了。

我跟她走在一起实在是个很好看的镜头！你只要想一想，一个不加釉的土罐子旁边放一朵大红玫瑰花。

　　我昨天晚上喝醉了，吐得一地全是。今天晕晕惶惶的一整天，我是苍白的、无神的、有黑眼圈的、所有的皱纹全深现了的……

　　而她呢，藏青毛料夹袍，陈金色砌粉红花的coat，浅灰鼠色蝉翼丝袜，在我认识她以来第一次看她穿着得如此豪华，第一次如此配称于她自己。她是新鲜的，夏天上午九点钟的太阳里的瓶供！老实说，今天叫住我的不是她，而是她的美。她比以前开得更盛了。这是一个青春的峰顶。她没有胖，各部分全发育得结结实实的，发育得符合她的希望，许多女孩子的希望。她脸上本来不是隐约有点棕色的影子在皮肤底下么？现在，褪尽了，完全是水蜜桃的颜色，她像一个用丝手绢擦了又擦的水蜜桃。我相信她洗脸必极用力，当真右颊近颧骨处有一块表皮似乎特别薄，薄得要破，像水桃子皮要破一样。她的口红涂得相当厚，令人起"熟了"的感觉，而且她涂了大红指甲油，这种指甲油是"危险的"，她破坏了多少美，而完成的却极不多，在她的手上则是成功的。她走路是大摇大摆的，而今天的脚则简直带点"踢"的意思。一句话，她充满了弹性。她是个压紧了一点的蓓蒂·格拉宝。

我可以料定，考试的那天，一定有好多人想问人"这是谁"，她引人注意就像是浑身挂了许多银铃铛的小野兽一样。如果可能，我那天就不躲起来，陪她在联大各处摇她的铃铛。我若不陪她，必定有一个山芋干子一样的人陪她。那多不好。我得去做她的"背景"，如果没有更合适的。她让我到新邨去玩，过两天我也许去，看我这个冰其骨碌的人还能不能烘一烘。

这孩子简直是头"生马驹"，我无法卜测她的命运。她要读中文系，中文系跟她似乎连不起来。我告诉她"这个是个容易使人老了的系"，她离老还远得很。她是饱满的，不会像王年芳那样四年之中如同过了十年一样。我想起顾善余，他现在还记得她么？

也许是可惜的，她的美似乎全在外面。我相信她不会喜欢却尔斯·鲍育。任一个导演还不会糊涂到这样让却尔斯·鲍育和蓓蒂·格拉宝演一个戏。你记得请她看《乐园思凡》么？——哎，你可别以为我是说我自己像却尔斯·鲍育。

好了，关于张静之应该不再说下去了。她考联大，也就是考了，考完了我就不会看到她了。

昆明的水蜜桃又上市了。今年试植比去年成功得多，我吃了一次，不算最好的。最好的有普通桃子那么大呢。你想得起那种甜么？那种甜味里浸着好些事情。跟你一起吃过水蜜桃的有哪些人？吴不勘，顾善余，阿宁，我，还有谁？我们有没有带桃子到西山去过？你前前后后想想，告诉我那时候的事，我记性坏得很。

阿宁大概回去了，我一想起心里就不舒服。

我跟L家孩子算吹了，正正式式。决不藕断丝连的。

下学期我下乡教书。

四点钟了，我该睡了。我气色近来坏极了，上次碰到吴奎，他劝我到医院里检查一下，星期天我许跟他一起去。

昨天我醉酒吐呕时，除了吐了些吃的东西，还吐了一大堆一大堆黏痰，真怪，痰难道是在胃里的？

今天跟你写了这封信，已经算难得了。我头疼，恕我把好些该写的话不写进去。明后天再看吧。

你该出来了，实在。

祝福

曾祺

七月廿六日夜

（实已廿七了。写这封信，我一支都没有抽。）

440729 致朱奎元

奎元：

　　我这两天精神居然不坏，今天尤其好，这一下午简直可以算是难得的。这样的时刻，人的一生中也不会有很多次。原因微妙，难以析说，我自己也不大知道。可说者，我理了一次很合意的发，不独令我对头发满意，我将这满意推延到我整个的人，心里一切事皆如头发一样自然、一样服帖，都像我一样的"好看"。幸福，也许就是这么存在的。

　　你好久好久不给我信了。是生了一点气？但是我这回可不大怕，距离远着呢，你不会怂恿自己把这点别扭夸大"泡开"了。生气自是由于我不打电报不写信。我不要你原谅，因为这不是一件"事"，这是"人"，我从来不就是这样么？我们用"原谅"这一词汇时多是针指对方某一动作、某一言语，而这个动作或言语与他素昔做法不同，比如他本不刺伤人，而这次竟刺伤了，他本不粗俗下流，而这次竟似乎不大高贵。若是这个动作或言语已经是这人一向的风格形式，与这个人不可分，成为他的一部分，或简直是他整个的人了，那么如果不是不必原谅，就是不可原谅的了。我总不是不可原谅的吧？既不是，便也用不着原谅。所以，你应当给我来信了。

我十分肯定地跟你说，你必须离开，离开桐梓，离开那边一切。

我觉得那是个文化低落的地方，因为一个中人意的女人都没有。这是一个绝对的真理，文化是从女人身上可以看出来的……这很简单，你走到一个城里，只要听一听那个城里的女人说些什么话、用什么样的眼色看人，你就可以断定这座城里有没有图书馆，有没有沙龙。你记得有一次来信说你也陪了许多女人出去玩过么？你只要回想一下那次经验！

那么一个地方，除了打算永久住下去，你不能有一刻不打算走。我不知道你的书念得怎么样了，即便念得很好，你也得离开。如果念得真好，你更该离开：因为你根本不是个念书的人。你之不能念书，正如我之做不了事情。我也还有点好动，正如你也还有时喜欢一个人静处，（像你在紫藤没有开花的时候）但是我的动与你的可不同。你的静是动的间歇，我的静则是动的总和。你必须出来，出来做点事。

你怀疑过自己，当然，像任何一个人。拿破仑也怀疑过自己。人不是神，不是动物，介乎这两者之间，也就永远上下于其间。有时神性升高，有时物情坠落。世界上本来原就不会有一个成功的人。但是我们所追求的也许正是那个失败。人总还应有自信。每个人都应有拿破仑一样的自信，而且应有比他更高的自信。因为拿破仑不过做了那么一点点事，我们比他低能的人若不自信，就怕什么事也做不了了。

我不担心你会狂妄，因为你还有自知。

我也没有希望过你成功，因为成功是个无意义的名词。人比一个字、一个名词所包含意义总要多些。

你有什么留恋的？除非你留恋那点胆怯和自卑。

我饿极了，要去吃饭。不久再写。

我的话说得有点过分，能够过分的时候不多，所以证明这一下午是难得的。

我想拍照去。

你想不想回昆明？

曾祺

七月廿九日

450617　致朱奎元

奎元：

　　我的时间观念一向不大靠得住，简直就不大有观念。计算某一事情，多半用这种方式：我还小，什么花还开着，雨季，上回我理发的时候，……真要用数字推求起来，就毫无办法。最近爱说：一年前。这一年是指我来乡下教书的日子，去年暑假我来，现在像又快到放暑假的时候，应是一年了，于是凡是在未来乡下以前发生的事情都归于一年前。收不到家里的信，和L家孩子在一起，又分开了，整夜不睡觉，……都算在一年前。和你不写信，也在一年前了。这个一年在我意识中实是个很长的时间。并不夸张，犹如隔世。因为一年前的事情都像隔我很远了，那些事情并未延蔓到这一年来，虽然事情的意义仍是不时咀嚼一下的。如鱼饮水，冷暖自知。事有一年，许多烧热痛苦印象都消失了，心里平和安静得多，愿意常提起那些事情，很亲切，很珍贵。

把你的旧信看了一次。觉得你是个有性情人，我想这句话就够了。

很想晓得你近来生活情形。你不必详细说这一年如何，只要把最近的写一点就行了，我愿意从最近的推测较远的。我简直不想提起你的炼钢事业，即在当时，我也久想劝你不必想得那么远，你当时也知道我的意思的，你每次谈话时，我的表情是抑制不住的。可是我尽你说，你也尽让我听，实在很好玩。人靠希望活着，现在还是否跟别人谈起呢？我愿意你还谈谈，虽然也希望你真能成功的。不过谈谈我以为更重要，因为事业是由人做出来的，而谈谈简直就是人，是人本身。你并不以留学计划为一件偶然事情破坏而懊悔，我知道的，但代替那个计划的是什么呢？还那么热心的谈电影，谈头发式样，谈女人衣着，谈翠湖那棵柳树，谈文学，谈许多不像个工程师所谈的东西么？许多事情上，你是有天分的，这种天分恐是一种装饰，一种造成博雅的因素，若不算生活，也是承载生活，维持人的高尚，你不能丢了。

我不愿意提起陈淑英。她对自己不大忠实。女人都不忠实她自己。

自然我要说及潆宁，以一种不舒服心情来说。好像你走了之后我就没有见过她。起先我还常想上她家里去，去问问她姨娘。后来简直不想了，因为知道总不会实现。你知道我在那种圈子里多不合适，现在我的情形，不合适，如情形转好，能像战前，怕也不合适。说真的，有点不大"门当户对"，我只可以跟潆宁单独来往，不与她的家庭、她的社会发生关系，这是可能的么，一个大人和一个小孩子？即是你，当时，对于那个孩子也是个童话性的人物，即不说是神话的吧。你说你跟她们家缔结了什么关系了么？恐怕这个关系只是那个孩子。而你还是那个时候的你呵。我喜欢那个孩子，我为这件事情不好受。有一阵十分想为漾宁写几篇童话故事，不过到我写成时，她恐怕已经在和男孩子恋爱了，那时一定连我的名字也记不起来。想起你时以为是一个颇奇怪的人，在她一生中如一片光，闪了一下就不见了。关心她的身体，关心她的教育问题，还俨然看到她穿上一身白色夜礼服参加跳舞会的样子，实在都是一种可赞美的，也可悲哀的想头。我现在只想象你的铁路有一天铺到广东，以董事长身份受当地士绅名流招待，在许多淑女名媛中你注目于一个长身玉立、戴一朵白花的，而那个小姐（或是少妇了）心里很奇怪，这个人为什么老看我？或者，我有了一点名气，在一个偶然中于学术界有点地位，到一个大学演讲，作介绍词的正即是陈漭宁女士，我那天说话有点微微零乱了……一切想来，很好玩有趣，但仍是可赞美的，也可悲哀的。

我在乡下住了一年，比以前更穷，也更孤独，穷不用提，孤独得受不了，且此孤独一半由于穷所造成，此尤为难堪。我一月难得进城一次，最近一次还是五四的时候。我没有找过任振邦，也久久不到冷曦那里去了。我的脾气你是知道的。冷曦将以为我是个不情的人。前些天，她要我画六张"儿童画"，我弄了三夜，结果仍是告诉她，我干不了。吴丕勋有一次通知我去上方瑾的坟，我亦因为被困而没有去。其实拼命弄钱是可以的，可是我没那份热心。我生活态度太认真，将成与世无谐。人是否应学学方继贤同鸣鸾一样过日子？"高处不胜寒"，近来老有演一次戏的欲望，因为演戏时人多、热闹，"道不远人，因道而远人者，非为道也"，我应生活得比较平实、比较健康些。常在学校圈子，日与书卷接触，人怕要变得古怪得不通人情的。

你和吴丕勋和好了没有？乡下牛很多，我以为牛是极可爱的。你不应对这位牛如此，对别人，对我是可以的。

前些时顾善余到昆明，现在大概还在，他贵阳的厂解散了，到这里来找事的。曾来我这里两趟，一次因事，一次是纯粹友谊的拜访。他来了，让我在"人与人之间"这个题目上想了许久。张太太还邀他上新村"坐坐"，他坐了一次就不再坐了，大概"坐不下去"。张静之在中法大学念书了，还是那个样子，更"饱"了一点。我想起你请她看《乐园思凡》，实在是一件很"滑稽"的事，片子和人太不调和了，请她看看蓓蒂·葛拉宝还差不多。

冯名世有信没有？

想要你一张照片，但你还是不寄给我吧，我一来就弄丢了。

快暑假了，下学期干什么呢？不胜惆怅。

曾祺

六月十七日

致师长

470715/16　致沈从文

从文师：

　　很高兴知道您已经能够坐在小方案前做事。——不知道为什么，我总觉得还是文林街宿舍那一只，沉重、结实，但不十分宽大。不知道您的"战斗意志"已否恢复。如果犹有点衰弱之感，我想还是休息休息好，精力恐怕不是一下子就可以涌出来的。勉强要抽汲，于自己大概是一种痛苦。您的身体情形不跟我的一样，也许我的话全不适用。信上说，"我的笔还可以用二三年"，（虽然底下补了一句，也许又可稍久些，一直可支持十年八年。）为什么这样说呢？这叫我很难过。我是希望您可以用更长更长的时候的，您有许多事要做，一想到您的《长河》现在那个样子，心里就凄恻起来。我精神不好，感情冲动，话说得很"浪漫"，希望您不因而不舒服。

刚来上海不久，您来信责备我，说"你又不是个孩子！"我看我有时真不免孩气得可以。五六两月我写了十二万字，而且大都可用（现在不像从前那么苛刻了），已经寄去。可是自七月三日写好一篇小说后，我到现在一个字也没有。几乎每天把纸笔搬出来，可是明知那是在枯死的树下等果子。我似乎真教隔墙这些神经错乱的汽车声音也弄得有点神经错乱！我并不很穷，我的褥子、席子、枕头生了霉，我也毫不在乎，我毫不犹豫地丢到垃圾桶里去；下学期事情没有定，我也不着急；可是我被一种难以超越的焦躁不安所包围。似乎我们所依据而生活下来的东西全都破碎了，腐朽了，玷污萎落了。我是个旧式的人，但是新的在哪里呢？有新的来我也可以接受的，然而现在有的只是全无意义的东西，声音，不祥的声音！……好，不说这个。我希望我今天晚上即可忽然得到启示，有新的气力往下写。

上海的所谓文艺界，怎么那么乌烟瘴气！我在旁边稍微听听，已经觉得充满滑稽愚蠢事。哪怕真的跟着政治走，为一个什么东西服役，也好呢。也不是，就是胡闹。年轻的胡闹，老的有的世故，不管；有的简直也跟着胡闹。昨天黄永玉（我们初次见面）来，发了许多牢骚。我劝他还是自己寂寞一点做点事，不要太跟他们接近。

黄永玉是个小天才，看样子即比他的那些小朋友们高出很多。他长得漂亮，一副聪明样子。因为他聪明，这是大家都可见的，多有木刻家不免自惭形秽，于是都不给他帮忙，且尽力压挠其发展。他参与全国木刻展览，出品多至十余幅，皆有可看处，至引人注意。于是，来了，有人批评说这是个不好的方向，太艺术了。（我相信他们真会用"太艺术了"作为一种罪名的。）他那幅很大的《苗家酬神舞》为苏联单独购去，又引起大家嫉妒。他还说了许多木刻家们的可笑事情，谈话时可说来笑笑，写出来却无甚意思了。——您怎么会把他那张《饥饿的银河》标为李白凤的诗集插画？李白凤根本就没有那么一本诗。不过看到了那张图，李很高兴，说："我一定写一首，一定写一首。"我不知道诗还可以"赋得"的。不过这也并不坏。我跟黄永玉说："你就让他写得了，可以作为木刻的'插诗'。要是不合用，就算了。"那张《饥饿的银河》作风与他其他作品不类，是个值得发展的路子。他近来刻了许多童谣，（因为陈鹤琴的建议。）构图都极单纯，对称，重特点，幼稚，这个方向大概难于求惊人，他已自动停止了。他想找一个民间不太流行的传说，刻一套大的，有连环性而又可单独成篇章。一时还找不到。我认为如英国、法国木刻可做他的参考，太在中国旧有东西中掏汲恐怕很费力气，这个时候要搜集门神、欢乐、钱马、佛像、神俑、纸花、古陶、铜器也不容易。您遇见这些东西机会比较多，请随时为他留心。萧乾编有英国木刻集，是否可以让他送一本给黄永玉？他可以为他刻几张东西做交换的。我想他应当常跟几个真懂的前辈多谈谈，他年纪轻（方二十三），充满任何可以想象的辉煌希望。真有眼光的应当对他投资，我想绝不蚀本。若不相信，我可以身家作保！我从来没有对同辈人有一种想跟他有长时期关系的愿望，他是第一个。您这个做表叔的，即使真写不出文章了，扶植这么一个外甥，也就算很大的功业了。给他多介绍几个值得认识的人认识认识吧。

有一点是我没有想到的，他也没有告诉您。我说"你可以恋爱恋爱了"，（不是玩笑，正经，自然也不严肃得可怕，当一桩事。）他回答："已经结婚了！"新妇是广东人。在恋爱的时候，他未来岳父曾把他关起来（岳父是广东小军阀），没有罪名，说他是日本人。（您大概再也没想到这么一个罪名，管您是多聪明的脑子！）等结了婚，自然又对他很好，很喜欢，于是给他找事，让他当税局主任！他只有离开他"老婆"，（他用一种很奇怪语气说这两个字，不嘲弄，也不世俗，真挚，而充满爱情，虽然有点不大经心，一个艺术家常有的不经意。）到福建集美学校教了一年书，去年冬天本想到杭州接张西厓[1]的手编《东南日报》艺术版，张跟报馆闹翻了，没有着落，于是到上海来，"穷"了半年。今天他到上海县的县立中学去了，他下学期在那边教书。一月五十万，不可想象！不过有个安定住

1　作者笔误，应为章西厓，现代装饰画家。

处，离尘嚣较远（也离那些什么"家"们远些），可以安心工作。他说他在上海远不比以前可以专心刻制。他想回凤凰，不声不响地刻几年。我直觉的不赞成他回去。一个人回到乡土，不知为什么就会霉下来，窄小，可笑，固执而自满，而且死一样的悲观起来。回去短时期是可以的，不能太久。——我自己也正跟那一点不大热切的回乡念头商量，我也有点疲倦了，但我总要自己还有勇气，在狗一样的生活上做出神仙一样的事。黄永玉不是那种少年得志便癫狂起来的人，帮忙世人认识他的天才吧。

我曾说还要试写论黄永玉木刻的文章，但一时恐无从着手。而且我从未试过，没有把握。大师兄王逊似乎也可以给他引经据典的，居高临下的，用一种奖掖后进的语气写一篇。林徽因是否尚有兴趣执笔？她见得多，许多意见可给他帮助。费孝通呢？他至少可就文化史人类学观念写一点他一部分作品的读后感。老舍是决不会写的，他若写，必有可观，可惜。一多先生死了，不然他会用一种激越的侠情，用很重的字眼给他写一篇动人的叙记的，虽然最后大概要教导他"前进"。梁宗岱老了，不可能再"力量力量"地叫了。那么还有谁呢？郑振铎、叶圣陶大概只会说出"线条遒劲，表现富战斗性"之类的空话来，那倒不如还是郭沫若来一首七言八句。那怎么办呢？自然没有人写也没有关系。等他印一本厚厚的集子，个人开个展览会时再说吧。——他说那些协会作家对他如何如何，我劝他不必在意，说他们合起来编一个什么年刊之类，如果不要你，你就一个人印一本，跟他们一样厚！看看有眼睛的人看哪一本。

您的一多先生传记开始了没有？我很想到北平来助理您做这个事。我可以抄抄弄弄，写一两个印象片段。

巴先生说在"文学丛刊"十辑中为我印一本集子。文章已经很够，只是都寄出去了。（我想稿费来可以贴补贴补，为父亲买个皮包、一个刮胡子电剃刀，甚至为他做一身西服！）全数刊载出来，也许得在半年后。（健吾先生处存我三稿，约五万字，恐印得要半年。您寄给他的《大和尚》我已收回，实在太不成东西。）有些可能会丢失的。（刘北汜处去年九月有两稿，迄无下落。他偶尔选载我一二节不到千字短文，照例又不寄给我，我自己又不订报，自然领一万元稿费即完成全部写作投稿程序。）倒是这二三小作家因为"崇拜"我，一见有刊出我文章处，常来告诉我，有哪里稿已发下了，也来电话。（他们太关心，常做出些令人不好意思事，如跑到编辑人那里问某人文章用不用之类。）原说暑假中编一编可以类为一本的十二三篇带小说性质的文章的（杂论，速写，未完片段不搁入），看样子也许得到寒假。——但愿寒假我还活着！暑假中原说拼命写出两本书，现在看样子能有五六万字即算不错。看我的神经如何罢。

顶烦心的事是如何安排施小姐。福州是个出好吃东西的地方，可是地方风气却配不上山水风景。她在那边教书，每天上六课，身体本不好，（曾有肺病）自然容易疲倦。学校皆教会所办，道姑子愚蠢至不可想象地步。因为有一次她们要开除一个在外面演了一场话剧的女生，她一人不表示同意；平日因为联大传统，与同学又稍微接近，关心她们生活，即被指为"黑党"，在那边无一朋友，听到的尽是家常碎事，闷苦异常。她极想来上海，或北平，可是我无能已极，毫无路径可走！她自己又不会活动。（若稍会活动，早可以像许多女人一样地出国了，也不会欣赏我这么一个既穷且怪的人！）她在外文系是高才生，英文法文都极好。（袁家骅先生等均深知此。）您能不能给她找一个比较闲逸一点的事？问问今甫先生有没有什么办法吧。

　　我实在找不到事，下学期只有仍在这里，一星期教二十八课，再准备一套被窝让它霉，准备三颗牙齿拔，几年寿命短吧。我大概真是个怯弱的人。您等着我向您发孩子气的牢骚！不尽，此请

　　时安！

曾祺

七月十五日

从文师：

　　天热，信未即发，一搁下，有不想发出意，虽然其结果是再加写一点，让您的不快更大！我不知道为什么不能控制自己，说了好些原先并不想说的话。我得尽量抑压不谈到自己，我想那除了显示自己的不德之外别无好

处。——比如，我为什么要说起我那些稿子呢？我久已知道自己的稚弱、残碎，我甚至觉得现在我所得到的看待还不是我应得的。然而虽是口口声声不怨尤，却总屡然流露出一种委屈之感来了！而且态度语言上总似乎在伤着人（尤其是态度，我的怪样的沉默），真是怪可羞的。（这句话何其像日本人的语气！）比如刘北汜，他实在有时极关心我（当然他有一种关心人的方便），有时他一句话、一个动作，即令我惭愧十分，而我在信里说了些很卑下市井气的话！我尚得多学习不重视自己。——真是一说便俗，越往深里说，越落釜套，做人实非易之事。

卞之琳先生已到上海，我尚未见到。听说他说您胖了一点，也好。虽然我很不愿意您太胖。像健吾先生实已超过需要了。

很久以前与《最响的炮仗》同时寄来尚有一篇《异秉》，是否尚在手边？收集时想放进去，若一时不易检得，即算了。反正集子一时尚不会即动手编，而且少那么一篇，也不妨事。

上海市教员要来个什么检定，要证书证件，一讨厌事，不过我想当无多大问题，到时候不免稍稍为难一下而已。我已教书五年，按道理似已可取得教员资格。果然有问题，再说吧。

《边城》开拍尚无消息，我看角色导演皆成问题，拍出来亦未必能满人意，怕他们弄得太"感人"，原著调子即扫然无余也。报上说邵洵美有拍摄《看虹录》英语片事，这怎么拍法？有那种观众，在看电影时心里也随着活动的么？

我仍是想"回家"，到北方来，几年来活在那样的空气里，强为移植南方，终觉不入也。自然不过是想想罢了。

曾祺

七月十六日

501007　致巴金

巴先生：

　　前两天在我们这儿的图书室里翻了翻《六人》，看了那个后记，觉得很难过，看到您那么悲愤委屈，那么发泄出来……强烈极了，好些天都有那么个印象……昨天晚上看了一个歌舞晚会，睡得很晚，今天一天精神很兴奋，应当睡午觉的时候睡不着，想着要给您写一封信，想问候问候您。

　　一直常常想起您。

　　我不在武汉了，回北京来了。我说是"回"，仿佛北京有我一个根似的，这也就是回来的理由吧。主要的是施松卿的身体不好。

我在北京市文联。北京市文联在霞公府十五号——北京饭店后面，您大概晓得那条街的。

章靳以来北京，见到两次，一次是在英雄代表大会上，一次是在吉祥听昆曲。他大概是今天十一点钟的车走吧。我听说劳模英雄是在那一班车走，那他可能一起走。他大概会谈起听昆曲，因为会谈起卞之琳，谈卞之琳听《游园》。有些话是我告诉他的。不过，我后来想还是不要多谈卞之琳的"检讨"的事吧，因为我们知道得不全面，断章取义的可能不好。

昨天那个晚会好极了，是新疆、西南、内蒙（古）、吉林延边四个少数民族文工团联合演出的，超过了北京的和全国的歌舞的水平，靳以要是昨天还没有走，他一定也会谈起的。

听说您下月要来，确么？

曾祺

十月七日

致友人

471030　致黄裳[1]

沈屯子偕友人入市，听打谈者说杨文广围困柳州，城中内乏粮饷、外阻援兵，蹙然诵叹不已。友拉之归，日夜念不置，曰，文广围困至此，何由得解。以此邑邑成疾。家人劝之相羊峒外，以纾其意。又忽见道上有负竹入市者，则又念曰，竹末甚锐，道上人必有受其戕者。归益忧病。家人不得计，请巫。巫曰，稽冥籍，若来世当轮回为女身，所适夫姓麻哈，回夷族也。貌陋甚。其人益忧，病转剧。渊友

1　黄裳（一九一九─二○一二），山东益都人。散文家，藏书家，记者。

来省者慰曰，善自宽，病乃愈也。沈屯子曰，君欲吾宽，须杨文广解围，负竹者抵家，麻哈子作休书见付乃得也。[1]夫世之多忧以自苦者，类此也夫！十月卅日拜上多拜上。

　　黄裳仁兄大人吟席：仁兄去美有消息乎？想当在涮羊肉之后也。今日甚欲来一相看，乃舍妹夫来沪，少不得招待一番，明日或当陪之去听言慧珠，遇面时则将有得聊的。或亦不去听戏，少诚恳也。则见面将聊些什么呢，未可知也。饮酒不醉之夜，殊寡欢趣，胡扯淡，莫怪罪也。慢慢顿首。

1　此段文字为《沈屯多忧》，出自明朝刘元卿撰《应谐录》。

480309　致黄裳

黄裳：

我已安抵天津。也许是天气特别好，也许我很"进步"了，居然没有晕船。但此刻又觉得宁可是晕船还好些，可以减少一点寂寞。刚才旅馆茶房来，让他给我沏壶茶来，他借故搭讪上来："茶给您沏，我看您怪寂寞的，给您叫个人来陪陪罢。"我不相信他叫来的人可以解除我的寂寞，于是不让他叫，倒留着他陪我聊了一会儿。很简单，拆开一包骆驼牌，给他倒杯茶，他即很乐意地留了下来。这家伙，光得发亮的脑袋，一身黑中山服，胖胖答答的，很像个"中委"。似乎他的道德观比我还强得多。他问我结了婚没有，我告诉他刚准备结婚，太太死了[1]，他于是很同情，说"刚才真不该跟您说那个胡话"。我说我离开这儿八九年没有回来[2]，他就大跟我聊"日本"时候情形，问我当初怎么逃出去的。他又告诉我旅馆里住了几个做五金的，几个做玻璃、做颜料的，谁半年赚了四十亿，谁赔了。最后很关心地问我上海白面多少钱一袋。我这才发现在上海实应当打听打听面粉价钱，这儿简直遇到人就问这个。天津的行市我倒知道了，一百八、一百九的样子，北平一袋贵个十万光景。那位"中委茶房"再三为我不带货来而惋惜，说管带什么来，抢着有人要，"就我就可以跟您托出去，半个钟头就托出去，这哪个不带货呀！"可是假如我带的是骆驼牌呢！这儿骆驼

1　这里是作者和茶房开玩笑的话。
2　同上。

牌才卖四万八，上海已经卖到五万六了。加立克[1]也才三十二万，我在上海买的是三十四，有的铺子标价还是三十六万！

天津房子还是不太挤，我住的这间，若在上海，早就分为两间或三间了。据说这一带旅馆房间本来定价很低，不过得从姑娘手里买。现在算是改了，把姑娘撵出去，还是两三年的事情，很不容易。这大概不会像苏州一样会有姑娘们破门而入罢，我倒希望有，可以欣赏一下我的窘态也……

这儿饭馆里已经卖"春菜"了。似乎节令比上海还早些。所谓春菜是毛豆、青椒、晃虾等。上面三色，我都吃了。这儿馆子里吃东西比上海便宜，连吃带喝还不上二十万。天津白干比上海没有问题要好得多。因为甫下船，又是一个人，只喝了四两，否则一定来半斤。你

1　加立克，香烟品牌。

在天津时恐还是小孩子，未必好好地喝过酒，此殊可惜。

我住的旅馆是"惠中"，你不知知不知道。在上海未打听，又未读指南之类，一个旅馆也不晓得，但想来"交通""国际"之类一定有的吧，于是雇了三轮车而随便说了个名字，他拉到"交通"，"交通"没有"房子"，一拐弯就到这儿来了。地近劝业场。各处走了走，所得印象第一是这里橱窗里的女鞋都粗粗笨笨，毫无"意思"。我测量一个都市的文化，差不多是以此为首项的。几家书店里看了看，以《凯旋门》和《秋天里的春天》最为触目。有京派人氏所编类乎《观察》型的周刊（？），撰稿为胡适、贺麟、张印堂等人，本拟买来带回旅馆里一读，而店里已经"在打烊中"了。以后若遇此种刊物，必当买来，看过，奉寄阁下也。

雅梨尚未吃，水果店似写着"京梨"，那

么北京的也许更好些么？倒吃了一个很大的萝卜。辣不辣且不管它，切得那么小一角一角的，殊不合我这个乡下人口味也。——我对于土里生长而类似果品的东西，若萝卜，若地瓜，若山芋，都极有爱好，爱好有过桃李柿杏诸果，此非矫作，实是真情。而天下闻名的天津萝卜实在教我得不着乐趣。我想你是不喜欢吃的，吃康料底亚巧克力的人亦必无兴趣，我只有说不出什么。

旅馆里的被窝叫我不想睡觉，然而现在又没有什么地方可去了。附近有个游艺场，贴的是《雷雨》和《千里送京娘》，这是什么玩意儿呢？一到，马上就买票，许还听得着童芷苓，然而童芷苓我本来就没有兴趣。这儿票价顶贵才六万多。据说北平也如此，还更便宜些。那么以后我听戏与看电影的机会将会均等了。"中委茶房"说得好，"北京就是听戏"！

然而我到北京怎么样还不知道呢，想起孙伏园的《北京乎？》。

　　我还是叫"中委"给我弄盆水洗洗脚罢，在那个看着教人心里不大明亮的床上睡一夜罢，明儿到北京城的垃圾堆上看放风筝去。

曾祺

三月九日

480628　致黄裳

黄裳兄：

　　同学有研究语言学者，前曾嘱为代请上海熟人打听《外来语大辞典》，天马书店出版。上海现在不知还买不买得到。当时回答他说，问问人大概是可以的。说完了记着记着就忘了，今天他来问，有消息么，觉得非常不好意思，实在该写一封信了。我的上海熟人适宜于代办这一宗差事的除了阁下还有谁呢？劳您驾，往后若是串书店，顺便问问他们掌柜的。若是遇到，请先垫款代买了。见书界权威唐弢氏，代为致候之余亦请便问问此事，我准备更大地佩服他。他的地址是不是仍是从前那一个，前两天有汉学研究所赵君编《一千五百个中国小说和戏剧》，附作者小传，有他一条，他想寄一份表之类的东西请他填一填。希望我告诉他的不错。

桌上二表，一正指三点，一则已三点一刻，鸡鸣肚饿，只说事务，无法抒情矣。待把两篇劳什子文章赶好的时候再畅叙幽怀一番如何。

黄永玉言六月底必离台湾，要到上海开展览会，不知知其近在何所否？我自他离沪后尚未有信到他，居常颇不忘，很想知道他现在怎么样了。少年羁旅，可念也。

我仍是那样，近来忽然有了从未有过的胃病，才吃便饱，放下筷子就饿，饱起来不停打嗝，饿起来不可当，浑身一点气力也无。可能此是一时现象，若竟长此下去，不亦糟乎！身体不能随意使用，那就真是毫无希望了。

林徽音已能起床走走，已催沈公送纸去，

会当再往促之。

　　此处找事似无望，不得已时只有再到别处逛逛去，此是想耳，困难亦殊多。我甚寂寞，得便望写信说琐屑事，为候诸相识人。

　　　　　　　　　　　　　　　　曾祺　候安

　　　　　　　　　　　　　　　　六月廿八日

481018 致某兄[1]

××兄：

我的习惯是先把信封写好然后再写信。而在信封上写了"上海中正"四个字之后我迟疑了一下，我记不清是中正什么路了。是不是中正"中"路呢？想了一想，觉得大概不错。至于"三八四号"则是非常之熟，觉得毫无问题的。于是不能不慨然有感，我离开这个地方真有不少日子了。不往这个地方写信也不少日子了。离开这个地方是没有法子，不往这个地

---

1 此信无写作时间，原载一九四八年十月十八日《华美晚报》。

方写信则是我应当负责的！写下这个地名之后，我从心里涌出一种感情。什么样的感情呢？——很难说明白。反正不管怎么样，我怀念这个地方的，有时淡淡的，有时有点严重，有点苦殷殷的。

你们都怎么样了呢？"你们"包括得很广，也不一定指的是谁，不能确切地开出一个名单。指的是那"一群"人。史先生、胡小姐、老谢、张小姐、中叔，甚至秉福、秉福的哥哥……还有那个"环境"。致远中学那个地方也可以"人格化"而算是"你们"。凡我曾经熟悉而现在离隔得很远，隔离得好像在两个世界里的，都是"你们"。我料想当然有了许多变化。比如那些人总有分散的，仍旧在一起，常往还的，其本身也多少有点不同了；那座房子如果还是"致远中学"，分配布置上，定也不是从前的样子了；那两个沙发已经挪了地方，电话机不是在那个小茶几上了罢？（号码是不是还是那一个？）……而我对于到那个地方来做一次客乃大有兴趣了。到我再来的时候还有什么痕迹可以供我们说说从前的么。我不知往这个地方写信还有没有用，但我愿意试一次。

都说，将不尽说。你可以不可以来信说说你自己？也不一定很详细，只要很笼统的，比如"这一向很高兴""事情来得很出乎意料""还不是那样子么""没有什么值得忙的，但人总要找一点事情忙忙""我疲倦了"……只要这么一个就够了，我不知道为什么，也许毫无理由，觉得致远中学似乎比以前情形好一点了。老二应当已经结婚。"家庭问题"或者有一点，但整个的说比以前"有进步"。新校址或仍渺茫，但各方面应当也比较活动。……凭空设想，每易落空，我愿意知道一点，不管什么。

我现在在午门的历史博物馆做事，事情没

有什么，"办公"而已。所谓"办公"即消耗生命，一天莫名其妙就混过去了。身体被限制在伟大而空洞的建筑之中，也毫无"内心生活"可言。秋季多阴天，忽忽便已迟暮，觉得此身如一只搁在沙滩的废船似的，转觉得上海的乱哄哄的生活也自有一种意义，至少看得出人怎么来抢夺生命也。此是权宜之计，目下作算至少待到明年暑假，有去处，不管是什么样的去处，便索想就离去也。

小沈近如何？得便问他叶铭近在何处。他写了两封信给我，忙乱搬动之中未及复信且失去其地址，觉得很对他不起，应当写一信道歉。赵静男仍在致远否？她问过我一点问题，虽也好几个月了，仍想为她一解答也。

近来"课外活动"有些什么？五百分、牛肉面、派对、老无线电是否皆成一梦了？

九月夜寒，孤灯（是煤油灯）无奈，独自

饮酒，遂几及醉，字迹草草，意且未尽，然而腰胁间似已睡着，便不复书。时一相忆，当续有报也。暇便书我数行如何？此候安乐！

弟曾祺

481130/1201　致黄裳

黄裳：

　　刚才在一纸夹中检出阁下五月一日来函，即有"北平甚可爱，望不给这个城市所吞没。事实上是有很多人到了北平只剩下晒太阳听鸽子哨声的闲情了"者，觉得很有趣味。

　　而我今天写的是前两天要写的信。今日所写之信非前两天之信矣，唯写信之意是前两天即有的耳。即在上次信发了之后的一天。事情真有想不到的！我所写《赵四》一文阁下不知以为如何？或者不免觉得其平淡乎？实在是的。因所写的完全是实事。自然主义有时是没有办法的事。我对于所写的东西有一种也许是不够的同情，觉得有一种义务似的要把它写出来。（阁下能因其诚实而不讥笑之乎？）因此觉得没有理由加添或是加深一点东西。而，在我正在对我的工作怀疑起来（这也许是我寄"出"的原因）的时候，警察来谈天，说赵四死了！——我昨天还看见他的？（即我文章最后一段所记）——是的，一觉睡过来，不知道为什么，死了。警察去埋他的。明华春掌柜的倒了楣，花了钱，二百多块。我又从警察口中得知他到明华春去，最初是说让他们吃剩下的给他一点吃，后来掌柜的见他挺不错的，就让一起吃了，还跟大家一块分零钱。德启说：没造化！——吃不得好的。我想我的文章势必得加一句了。而我对我的文章忽然没有兴趣起来。我想不要它了。我觉得我顶好是没有写。而我又实是写了。我不能释然于此事。而我觉得应当先告诉你一下。你把它搁着吧，或者得便什么时候（过一阵子）退给我。或者发表了也可行。反正这是无法十全的事。

若不太麻烦，请在《赵四》原稿上有所增改：

（一）第十页第一段最后，"德启自以为……"以下，加一句"德启很乐天"。

（二）第三或四（？）页，赵四来打千道谢之后，写赵四模样"小小的……"一段最后"他体格结构中有一种精巧"两句抹去，改作"他骨骼很文弱，体重不过九十磅。满面风霜，但本来眉目一定颇清秀。——小时他一定是很得人怜爱的孩子。……"

若不及改动，亦无所谓耳。

阁下于此事件作何种态度？——我简直是麻烦你。

前信说"下次谈旅行的事"，但此刻我心中实无"旅行"。大概还是那个样子。旅行是一种心理，是内在的。不具体，不成为一个事件，除非成为事件的时候，忽然来了，此间熟人近有动身者，类多是突然的。盖今日人被决定得太厉害，每有所动，往往突然耳。突然者，突乎其然，着重在这个"突"字。来上海若重到致远中学教书亦无甚不可耳，然而又觉有许多说不通处！这算是干吗呢。黄永玉曾有信让我上九龙荔枝角乡下去住，说是可以洗海水澡，香港稿费一千字可买八罐到十罐鹰牌炼乳云。我去洗海水澡么，哈哈，有意思得很。而且牛乳之为物，不是很蛊惑人的。然我不是一定不去九龙耳。信至今尚未复他。他最近的木刻似乎无惊人之进步，我的希望只有更推远一点了。我最近似乎有点跟自己闹着玩儿。但也许还是对浮动的心情加一道封条为愈乎？你知道这个大院子里，晚上怪静的，真是静得"慌"。近复无书可读，唯以写作限制自己耳。

北平已入零下，颇冷。有人送我冰鞋一

双，尚未试过大小，似乎忒大了。那好，可以转送大脚人也。物价大跳，但不大妨事，弟已储足一月粮食、两月的烟。前言连烟卷也没得抽了，言之过于惨切，"中国烟丝"一共买过一包耳，所囤积者盖"华芳"牌也。这在北平，颇为奢侈，每一抽上，恒觉不安，婆婆妈妈性情亦难改去也。

昨睡过晚，今天摹了一天的漆器铭文，颇困顿，遂不复书。颇思得佳字笔为阁下书王维与裴迪秀才书一过也。下次信或可一聊北平文人之情绪。如何？然大盼阁下便惠一书以慰焦渴也。此候

安适

弟曾祺 顿首

十一月卅日

巴公[1]想买的《性与性之崇拜》已问不到。该书由文澂阁伙友携来，是替人代卖的，现已不知转往何处去矣，唯当再往问之。

昨写信未寄，今日乃得廿九日的复信，觉得信走得实在是快，有如面对矣，为一欣然。拙作的观感已得知矣，不须另说了。阁下评语似甚普通，然甚为弟所中意，唯盼真是那样的耳。稿发不发表皆无所谓，然愿不烦及巴公。一烦及巴公，总觉得不大好似的。弟盖于许多事上仍是未放得开，殊乡气可笑耳。或径交范泉如何？其应加之一句，一时尚不能得，以原稿不在手头，觉得是写在空虚里一样。或请阁下代笔如何？弟相信得过，当无异议。如能附记两句为一结束，是更佳耳。

巴家打麻将，阁下其如何？仍强持对于麻将之洁癖乎？弟于此甚有阅历，觉得是一种令

1　巴公即巴金。

人痛苦的东西。他们打牌，你干吗呢？在一旁抽烟，看报，翻弄新买的残本（勿怪）宋明板书耶？甚念念。意不尽，容当续书。

弟祺 顿首

一日

620410　致黄裳

黄裳兄:

　　前日得奉手教,弟今日北返矣。行箧已理就,聊书数语为复。

　　不意弟所为"昭君",竟与老兄看法相左!周建人文章曾于《戏剧报》草草读过,以为是未检史实,蔽于陈见之论,是讨论昭君问题中的最无道理的一篇。截至现在为止,我仍以为翦伯赞所写的《从汉的和亲政策说到昭君和亲》是一篇实实在在的文章。我的剧本大体上就是按照这篇文章的某些观点敷衍而成,虽然我在着手准备材料时还没有读过翦文。昭君和亲在历史上有积极作用,对汉、胡两族人民的生活、生产均有好处，为铁定不移的事实。你说侯外庐的看法过于新颖，侯的文章我未见过，不知是在何处发表的，倒想拜读一下，也好长点见识。如侯说与翦说同，则我以为并不"新颖"，而是符合事实。而自石季伦的《明君词》至周建人的谈王昭君，实为各有原因的一系列的歪曲，《青冢记》曾读过，可以算得是歪曲的代表。其中"出塞"一出写得颇好，即现在各个剧种"昭君出塞"所本（昆曲、祁剧、京戏……）。这给我造成一个很大的麻烦——这个案子是很不好翻！

我的初稿已写得毫无自信。无自信处在于两点。一是史实。为了"集中"，我把历史在手里任意拨弄了一回，把发生在昭君和番前十几年的事一塌括子挪在了和亲前夕，而且把已经死去十六七年的萧望之拉出来作为坚持和亲的主要角色，和害死他的石显相对抗，时间上大大打乱了。这种搞法，莎士比亚大概是会同意的，但历史学家如吴晗市长，大概很难批准。第二是戏，难的是"动作"太少，而话太多（不管是说出来还是唱出来的）。我这个人曾经有很厉害的偏见，以为人生只有小说，而无戏剧。凡戏，都是不自然的（我原来是一个自然主义者）。现在看法上是改了，但终于还是一点不会写"戏"——我那个《范进中举》初稿写出来后，老舍却曾在酒后指着我的鼻子说："你那个剧本——没戏！"看来这是无可如何的事了也！

张君秋（此人似无什么"号"）有一条好嗓子，气力特足（此人有得天独厚处，即非常能吃，吃饱了方能唱，常常是吃了两大碗打卤面，撂下碗来即"苦哇……"——《起解》《玉堂春》），但对艺术的理解实在不怎么样。他近来很喜欢演富于情节的李笠翁式的喜剧，戏里总有几个怪模怪样的小丑起哄。观众情绪哄起来之后，他出来亮亮地唱上两段（这种办法原来是容易讨巧的）。而我的剧本偏偏独少情节，两下里不大对路，能否凑在一处，并非没有问题。好在我是"公家人"，不是傍角的，不能完全依他。将来究竟怎么样，还未可预卜。

剧本到北京讨论一下，可能要打印出来，征求意见。届时当寄上一本，以俟"杠正"。草草。

即候著祺。

曾祺 顿首

四月十日

910128　致黄裳

黄裳兄：

　　得三联书店赵丽雅同志信，说你托她在京觅购《蒲桥集》。这书我手里还有三五本，不日当挂号寄上。作家出版社决定把这本书再版一次，三月份可出书。一本散文集，不到两年，即再版，亦是稀罕事。再版本加了一个后记，其余改动极少。你如对版本有兴趣，书出后当再奉寄一册。

　　徽班进京，热闹了一阵，我看解决不了什么问题。我一场也没有看。因为没有给我送票，我的住处离市区又远（在南郊，已属丰台区），故懒得看。在电视里看了几出，有些戏实在不叫个戏，如《定军山》《阳平关》。

　　岁尾年初，瞎忙一气。一是给几个青年作家写序，成了写序专家；二是被人强逼着写一本《释迦牟尼故事》，理由很奇怪，说是"他写过小和尚"！看了几本释迦牟尼的传和《佛本行经》及《释迦谱》，毫无创作情绪，只是得到一点佛学的极浅的知识耳。自己想做的事（如写写散文小说）不能做，被人牵着鼻子走，真是无可奈何。即候春禧！

　　　　　　　　　　　　　　弟曾祺　顿首

　　　　　　　　　　　　　　一月二十八日

721116　致朱德熙[1]

德熙：

　　那天李荣打电话给我，约我到唐先生那里去看铜器。我因为当日要改剧本，没去成。原来我倒是想见见你们，看看唐先生的。

　　前寄《瞎虻》诗一首，想当达览。这首诗我还想再加加工。主要是把最后一句改一下，把"脑袋上的触须好像短了"改成"短短的触角更短了"。偶然翻了一下《辞海》，这东西的触角果然很短，只有三节，我的印象不错。

1　朱德熙（一九二〇—一九九二），江苏苏州人。古文字学家、语言学家、教育家。作者在西南联大的同学。

既然如此，何不索兴点出。还想加写一个小序。等定稿后寄给你看。

近日又写了一首《水马儿》。另纸抄录奉上。我不知怎么有了写这种诗的兴趣了。[1]这也是一种娱乐，一种休息。不然一天到晚写"跨腿""翻身""蹦子"（我们最近所谓"改剧本"，就是把这样一些玩意儿补写在舞台提示里）也乏味得很。那，我的娱乐除了写字以外，又多了一种了。我倒是觉得并非言之无物，但是不能拿出去发表，那是要找倒霉的。我准备写若干首，总名曰《草木虫鱼》，不也是怪好玩的么？

下一首，准备写花大姐，即瓢虫。这玩意儿你一定看见过，像半拉滴溜圆的涂了磁漆的小圆球，小脑袋、小眼睛、小脚，形如：，

---

1 大概跟读了一些普利什文的散文有关。高尔基非常钦佩他的文体，我也很喜欢。我是在一本《世界文学》上看到的。你能不能找到他的散文的较全译本或小说？——作者原注

有各种颜色，橘黄的、橙红的、大红的……我在沙岭子劳动了一阵，才知道这玩意儿有两大类：一类吃马铃薯等作物的幼芽，是大害虫；一类专吃某种害虫（如蚜虫），是此种害虫的天敌，是大益虫。看起来都是差不多的，都挺好看、好玩。区别主要是在于鞘翅上有多少黑点（昆虫学家叫作"星"），这数目是有一定的。这首诗的意思很明白：外表相似的东西，实质常常大不相同，凡事不可粗枝大叶，这是应得的结论。所以还没有动笔，是因为遇到一点困难，我记不清著名的害虫背上有多少星，著名的益虫有多少星了。还有，细分起来这有多少类……你附近有没有治昆虫学或"植物保护"的专家？能不能为我打听一下？如果能找到一本或一篇附图的瓢虫著作来看看，那才好！

近日菜市上有鲜蘑菇卖，如买到，我可以教你做一个很精彩的汤，叫"金必度汤"，乃西菜也。法如下：将菜花（掰碎）、胡萝卜

（切成小丁）、马铃薯（也切成小丁，没有，就拉倒）、鲜蘑（如是极小如钱大者可一切为二或不切，如较大近一两左右者则切为片，大概平均一个人有一两即够）、洋火腿（鲜肉、香肠均可）加水入锅煮，盐适量，俟熟，加芡粉，大开后，倒一瓶牛奶下去，加味精，再开，即得。如有奶油，则味道更为丰腴。吃时下胡椒末。上述诸品，除土豆外，均易得。且做法极便，不须火候工夫。偶有闲豫，不妨一试。

文物出版社原有一门市部在王府井，现在还有没有？在哪里？我想去看看有没有影印的字帖。汪朗来信，忽想习字，要帖。我到琉璃厂一看，帖价真是吓煞人，一部"淳化阁"要300元，一本"争座位"，80！

即问孔敬及全家好！

曾祺

十六日晚

721201　致朱德熙

德熙：

今天我们那儿停电，我难得偷空回了一趟家。一个人（老伴上夜班，女儿去洗澡）炒了二三十个白果，喝了多半斤黄酒，读了一本妙书。吃着白果，就想起了"阿要吃糖炒热白果，香是香来糯是糯……"想起你们老二和老四，并且想起松卿前几个月就说过的："你应该看看朱德熙的母亲去。"我老早就想过这件事，什么时候合适，你陪我一同去一趟。但看来要到新年以后，因为我们的戏准备新年拿出来，这以前是突击阶段，已经宣布：没有星期天。

所读"妙书"是赵元任的《国语罗马字对话戏戏谱最后五分钟一出独折戏附北平语调的研究》。这书是我今天上午在中国书店的乱书堆中找到，为剧团资料室买得的。你看过没有？这真是一本妙书！比他译的《爱丽斯漫游奇境记》还要好玩。他这个戏谱和语调研究，应该作为戏剧学校台词课的读本。这本书应当翻印一下，发到每个剧团。你如没看过，等资料室登记落账后我即借出寄来给你。如已看过或北大有这本书，那就算了。

读了赵书，我又兴起过去多次有过的感想，那时候，那样的人，做学问，好像都很快乐，那么有生气，那么富于幽默感，怎么现在你们反倒没有了呢？比如："没有读物，全凭着演绎式的国音教学法来教是多数人学不会的，就是有少数的特别脑子的人这么样学会它了，他没有书报看，他学它干吗？"（序）你们为什么都不这样写文章呢？现在不是不提倡这样的文风啊，比如："这样长的文章，谁看？"多好！语言学家的文章要有"神气"，这样就可逼一下作家，将作家一军。此事有关一代文风，希望你带头闯一下。

关于"花大姐"的书，你不要去找了，我已经借得《中国经济昆虫志·鞘翅目·瓢虫科》一种。读了一遍。有很多地方应该很有趣味但写得很枯涩。这叫我怀念法布尔甚至贾祖璋。今天我还为剧团买了一套吴其濬的《植物名实图考》及其长编。那里的说明都是一段可读的散文。你说过："中国人从来最会写文章。"怎么现在这么不行了？对于文章，我寄希望于科学家，不寄希望于文学家，因为文学家大都不学无术。

《文物》这一期也收到了。你和唐先生的文章都翻了一过，不懂！这玩儿，太专门了。我首先想知道的是盟誓是咋回事，那些赌咒发誓血噀乌拉的话管用吗？这有什么仪式？有音乐吗？有鼓声吗？是像郭老那样拉长了声音朗诵吗？……我希望出这么一种刊物：《考古学——抒情的和戏剧的》，先叫我们感奋起来，再给我们学问。

听脚步声，女儿已经回来，就此打住！

安好！

曾祺

十二月一日夜

730104　致朱德熙

德熙：

问一家新年好。

《战国文字研究》收到。这回我倒是读得很有兴趣，虽然还未读完。我觉得逻辑很严谨，文体清峻。

不知是不是你有一次问我，古代女人搽脸的粉是不是米做的，仿佛这跟马王堆老太太的随葬品有点什么关系。近日每在睡前翻看吴其濬的《植物名实图考长编》以催眠，卷二"谷类·稻"（一四六页）云："……米部曰：粉，傅面者也，可证也。许不言何粉，大郑云豆屑是也。"又"蘖米"："……陶隐居云：

此是以米为蘖尔，非别米名也。末其米，脂和傅面，亦使皮肤悦泽……"看来，说中国古代（汉以前？）妇女以米粉涂面（我疑惑古人是以某种油脂或草木的"泽"和着粉而涂在脸上，非为后来似的用粉扑子扑上去），是不错的。沈公有一次说中国本用蛤粉，不知有何根据。蛤蜊这玩意儿本来是很不普遍的。记不清是《梦溪笔谈》还是《容斋随笔》里有一条，北人庖馔，惟用油炸，有馈蛤蜊一筐，大师傅亦以油（连壳）炸之至焦黑。蛤肉尚不解吃，蛤粉之用岂能广远？蛤粉后世唯中药铺有卖，大概有止泻的作用，搽脸则似无论大家小户悉用铅粉了。铅粉不知起于何代，《洛神赋》已有"芳泽无加，铅华弗御"，李善注："铅华，粉也。"又偶翻《太平御览》果木门·荔枝条，引《后汉书》云："胡粉傅面，搔首弄姿。"所谓"胡粉"，我想乃是铅粉。不过，这是想当然耳，还没有查到文献根据。以上这些，不知对你有没有一点用处。

吴其濬的这本书你不妨找来看看。这里有许多杂七杂八的材料，有很多是关系训诂名物的，可以根据它的线索再检读原书，省些力气。你要搞老太太的或老爷子的食谱，可能有点用处。《本草纲目》《救荒本草》也可找来翻翻，这些书都挺好玩的。

我们的戏彩排了一次，外面反应很强烈。领导上还没有看，不知看后会怎么说。等戏稍定型，当请你们看看。现在还在待命，星期天不知能否放假，看来还得过些日子才能订个日子去看伯母。

问孔敬、朱眉、朱襄、朱蒙好！

曾祺

一月四日下午

730201　致朱德熙

德熙：

　　《文物》收到。这一期比较有意思。

　　你的发言我看了。临时想到一点小意见。

　　"员付篓二盛印副"的"付"，我觉得可能是扁矮的竹器，即"箒"。黄山谷与人帖云"青州枣一箒"（见《故宫周刊》某期）。今上海人犹云水果一小篓曰"一箒"。你问问伯母和别的老上海看。

　　"居女"——"粗籹"是不是就是麸？麦甘鬵谓之麸。鬵，熬也，就是炒。《方言》曰：秦晋之间或谓之㶣（详见《植物名实图考长编》卷一47页）。麸从麦，粗籹从米，也许粗粝是干煎的大米，那么，这就是如今的"炒米"？凡炒米皆先蒸，再炒，正是所谓"有汁而干"。

"仆粞""糫麪""餶飿""馎饦"，大概是一物，也许就是"薄壮"。这是"饼"一类的东西。但古人"饼"的概念跟我们不一样，不限于烙饼之类那样一个扁平的东西，凡是和了面做成的都叫饼。和了面而下在水（或汤）里的叫作汤饼。汤饼是面条类的总称。上述四物恐系汤饼类。"馎饦"，《朱子语类》谓之"飥托"，云"巧媳妇做不出没面的'飥托'"（此是记忆，手边无书，可能有错）。我怀疑"不托"是状声，觉得可能是刀削面，以刀削面，落于水中，"不托不托"地响也。这要看它是"实笾"的还是"实豆"的。若是"实豆"的，装在汤碗里，就有几分像。若是"实笾"，则当是不带汤的面食了。束晳《饼赋》"夏宜薄壮"，马王堆老太太死在夏天，

231

以此随葬，正合适。（餈麷、餭餰、餺飥，
均见《图考长编》卷一45页）

我怀疑"餺飥"这种东西是可以冷吃的。
中国人清前是常有些东西冷吃的，不像后来人
总是热腾腾地送进嘴。《东京梦华录》餺飥与
什么槐叶冷淘常相靠近，可能有点关系。——
中国人的大吃大喝，红扒白炖，我觉得是始于
明朝，看宋朝人的食品，即皇上御宴，尽管音
乐歌舞，排场很大，而供食则颇简单，也不过
类似炒肝爆肚那样的小玩意儿。而明以前的人
似乎还不忌生冷。食忌生冷，可能与明人的纵
欲有关。

炙字的前后置是有道理的。这也查查《东
京梦华录》看，可能得到佐证。

我以上的意见，近似学匪派考古，信口胡
说而已，聊资一笑。

我很想在退休之后，搞一本《中国烹饪
史》，因为这实在很有意思，而我又还颇有点

实践，但这只是一时浮想耳。

六日或八日能否放假，仍不可知。据说在中央首长看戏之前，不准备给整日的假了。且看吧。

即问孔敬和孩子们春节好！

曾祺

二月一日中午

770907　致朱德熙

德熙:

　　前天在路上碰见木偶剧团的葛翠琳。她说剧团搞人事的为了朱襄的问题反复问过市文化局。上星期才给了答复。说是病退、病留的只能在集体所有制单位工作，不能转到全民所有制的单位来，除非本人确有专长，单位确实需要，经市委特别批准。看来此事算是吹了。这样一件事，要拖得这样长的时间，亦可笑也。朱襄的作品在我这里，什么时候送来。

　　我近无甚事，每日看笔记小说消遣，亦颇不恶。估计最近会让我写剧本，我无此心思。那个葛翠琳再三劝我写小说、散文，一时既无可写，也不想写。

最近发明了一种吃食：买油条二三根，劈开，切成一寸多长一段，于窟窿内塞入拌了碎剁的榨（此字似应写作鲊）菜及葱的肉末，入油回锅炸焦，极有味。又近来有木耳菜卖，煮汤后，极滑，似南方的冬苋菜（也有点像莼菜）。据作"植物图考"的吴其濬说，冬苋菜就是葵，而菜市场上的木耳菜有时在标价的牌子上也写作什么葵，可见吴其濬的话是不错的。"采葵持作羹"，只要有点油盐，并略下虾皮味精，是不难吃的。汪朗前些日子在家，有一天买了三只活的笋鸡，无人敢宰，结果是我操刀而割。生平杀活物，此是第一次，觉得也呒啥。鸡很嫩，做的是昆明的油淋鸡。我三个月来每天做一顿饭，手艺遂见长进。何时有暇，你来喝一次酒。

听吴祖光说黄永玉被选为毛主席纪念堂工地的特等劳动模范（主席雕像后面衬的那张

《祖国大地》是他画的），此公近年可谓哀乐
过人矣。

问全家好！

曾祺

九月七日

781220　致朱德熙

德熙：

前写蔬菜笔记三则，近翻"植物图考"，原来他都已讲得很精细，读书易忘，无端饶舌，至可笑也。

我十个月来，无事可为。这个月忽然写了两篇文章，一是《读民歌札记》，二是《论〈四进士〉》。后者竟然写了一万五千字。稿子正在团内少数人中传阅，不日或可奉上一看。最近还在酝酿写第三篇，本想谈《群英会》或《玉堂春》，但听说以前已经有人谈过，且把那些宏论找来看看再说。今天晚上想想，也许可以写一篇架空立论的文章：《论本色当行》。因为"四人帮"搞的戏颇多海阔天空地说大话，把中国戏曲的这个优良传统全给毁了。这要酝酿一个时期。你如果看到这方面的材料，请告诉我。

北京近来缺菜，肉只肥膘猪肉，菜只有大白菜，每天做饭，甚感为难，孔敬想有同感。何时菜情好转，当谋一叙。

候安

曾祺 顿首

十二月廿日

790626　致朱德熙

德熙：

有一封给季镇淮的信，因不知他的地址，望代为转寄。

我想用布莱希特的方法写几个历史剧，既写一个历史人物的伟大，也写出他不过就是那样一个人而已。初步拟定的两个戏就是《司马迁》和《荆轲》。

我在《民间文学》发表了一篇《"花儿"的格律——兼论新诗向民歌学习的一些问题》，什么时候让你看看，谈《四进士》的文章改了一遍，题目是《笔下处处有人》，寄给《人民戏剧》了。不知他们用不用。如发表，也让你看看。

西四近来常常有杀好的鳝鱼卖。你什么时候来，我给你炒个鳝糊吃。但怕有鳝鱼，你不得空；你有空，鳝鱼又买不着！

我颇好。心脏、血压皆未见不正常，而仍抽烟、喝酒如故。

问孔敬好！

曾祺

六月廿六日

810607　致朱德熙

德熙：

　　我想来看看你。写了一篇反映联大生活的小说，题曰《鸡毛》，想让你审查一下。这小说写的是一个叫作文嫂的女人养的鸡被一个联大学生偷去杀了吃掉了。这偷鸡的学生有一段韵事：曾经给一个女同学写了情书，附金戒指一枚。这女同学把他的情书公布了，把金戒指也钉在布告栏内展览。这件事是实事，联大很多人知道。我怕小说发表后，为此公所见，会引起麻烦。但是，听说你到密云去出试题了，而索稿者又催迫甚急，只好匆忙寄出，文责自负了。很可惜，此小说没有让你和孔敬、朱襄

241

先看看。小说写得很逗，一定会让你们大笑一场的。且等发表了再让你们看吧。

巫宁坤来信，说有一个教语文的刘融忧老师，有些问题要来向你请教，他让我写一介绍信，我不得不写。刘老师五十多岁，女。她会持介绍信来敲你的门的。

我两三日内可能要到承德去。《人民文学》约请一些"重点作家"到避暑山庄去住个把月，我拟同意。北京热得如此，避一避也好。去了，也许会写一个中篇历史小说《汉武帝》的初稿，为吴宏聪写一点有关沈公小说的札记。

即候

暑安！

曾祺　顿首

六月七日

820519 致朱德熙

德熙：

我从四川回来了。这一趟真是"倦游"，走了川西、川南、川中、川东不少地方。路上不觉得累，回来乏得不行。十三号到家，每天睡很多觉，到今天还没有缓过来，还是困。等我睡够了，当来看你。

想问你一个问题。

随着一些"新"思想、"新"手法的作品的出现，出现了一些很怪的语言。其中突出的是"的"字的用法。如"深的湖""近的云""南方的岸"。我跟几个青年作家辩论过，说这不合中国语言的习惯。他们说：为什么要合语言习惯！如果说"深湖""很深的湖""近处的云""离我很近的云"……就没有味道了。他们追求的就是这样的"现代"的味儿。我觉得现在很多青年作家的现代派小说和"朦胧诗"给语言带来了很大的混乱。希望你们语言学家能出来过问一下。——你觉得他们这样制造语言是可以允许的么？

在四川，汽车中无事，"想"了二十四首旧体诗，已被《四川文学》拿去。我发表旧体诗，这是头一回。抄几首短小的给你看看。

成都竹枝词

成都小吃

十载成都无小吃，年丰次第尽重开。

麻辣酸甜滋味别，不醉无归好汉来

（皆餐馆名）。

宜宾流杯池

山谷在川南，流连多意趣。

谁是与宴人，今存流杯处。

石刻化为风，传言难或据。

迁谪亦佳哉，能行万里路。

离堆

都江堰有离堆，

乐山有离堆，

截断连山分江水。

江水安流，

太守不归。

江水萧萧如鼓吹，

秦时明月照峨眉。

（余略）

　　我的小说选集已印出。出版社送来样书十本，市上要半个月至一个月后才有得卖。等我拿到订购的书时，寄给你。

候时安！问孔敬好！

曾祺

五月十九日

830908　致杨汝绸[1]

汝绸：

　　刚才收到《文谭》，一口气看完你的"信"。写得很好。这种Essay式的文论现在很少有人写了。一般评论都硬得像一块陈面包。我的牙不好，实在咬不动——至少咬起来很累。文笔也很秀。现在的评论文的文章多不好，缺乏可读性。我建议你多写写这样的Essay。唐弢曾在一篇文章里提到中国很缺这样随笔式的谈论文艺和文化问题的小品。这种

1　杨汝绸（一九三〇—一九八五），高邮人。诗人，评论家。作者表弟，也是本书编者杨早祖父的三弟。

东西很不好写。一要学养，二要气质——一种不衫不履、不做作、不矜持的气质。你是具备这样的条件的。

你要出诗集，好。东西集中在一起，和零散着不一样。集中起来看看，可以更了解自己。我最近编第二本小说集，写了一篇自序，就发了一通议论，向读者把自己介绍了一番，讲出一些别人不大讲得出的道理。不集中在一起，我就不能对自己了解得那样深。

不过，我更赞成你多写写文论，争取早一点出一个集子。我对诗，对中国的新诗的信心不大。对你的诗，我也觉得不像对你的文论一样，觉得非有这种东西不可。谈古代作品，今人作品都可以。杂一点，放在一起才有意思。——也可以有几篇"大"文章。

我们第二个小说集定名（初步）为《晚饭花集》，收小说十七篇，字数可能比前一本少一些，因为有几篇很短。最短的一篇才九百字。十月交稿，大概得到明年年中才能出书。人民文学出版社出。

王蒙当了《人民文学》主编。新官上任，别出心裁，要集中发一堆五千字以内的短小说。几次逼上门来，让我赶出一篇。我于酷暑之中给他赶了出来。不是一篇，而是三篇！三篇还不到八千字。题目是《故里三陈》。王蒙这位老兄一冲动，竟想用其中的第一篇作为"头题"。他到我的住处来商量，适值我到密云开会，未遇。他怕我不同意（用第一篇打头，则其余两篇不发），只好三篇一起发了，放在稍后。现在还在跟印刷厂商量能不能重调版面，仍用那一篇做头题。如果办成，这是个带点爆炸性的大胆做法。因为我的那篇是写旧社会的，与四化无关。刊物九月出，你可以找来看看。

我下旬应《钟山》太湖笔会之邀，到苏州、无锡一带白相白相去。回来，就要编集了。除了小说集，想把散文和评论也编一编。

　　我已搬家。新址是：北京丰台区蒲黄榆路九号楼十二层一号。

　　即候时安！

曾祺

九月八日

840706　致杨汝绀

汝绀：

　　七月二日信收到。

　　王二的熏烧制法确实如我所写的那样。牛肉、兔肉都是用花椒盐白煮后染了红曲的。这种煮法另有一种香味，肉比较干，有嚼头，与用酱汁卤煮的味道不一样。这样做法，现在似已改变。前年我回高邮，见熏烧摊上的卤味都一律是用酱油卤过的了。羊糕有两种，一种是红烧后冻成糕，切成二寸长、一寸宽、二三分厚的长方形的片的。高邮人家制的都是这一种，你记得不错。上海、苏州和北京的稻香村卖的也是这一种。另一种是白煮冻实的。这种羊糕大概是山羊肉做的。煮时带皮。冻时把皮包在外面，内层是肉。切成片，外层有皮，形如⌂，叫作"城门卷子"。"卷"即桥梁发卷的卷，读宣字去声。这种羊糕也叫"冰羊"，以别于白煮热吃的"汤羊"。羊肉白煮味道远比红烧好。我有时到冬天自己做了"白卷羊"，凡吃过的都以为甚佳。猪头肉各部分是有专名的。不过高邮人拱嘴即叫拱嘴，耳朵即叫耳朵。舌头的舌与"蚀"同音，很多地方都避讳。无锡的陆稿荐叫作"赚头"，与四川叫作"利子"一样，都是反其义而用之。广东人也叫作"利"，不过他们创造了一个字"脷"，我初到广东馆子看到"牛脷"即不知为何物，端上来一看，是牛舌头！昆明的牛肉馆给牛舌起了一个很费思索的名称，叫作"撩青"！不过高邮人对动物的舌头没有这样一些曲里拐弯的说法，一概称之为：口条。

你发表在《现代作家》上的随笔我看了，

很好！这种Essay现在很少人写了。我最近也写了五篇这样的东西。三篇昆明忆旧，已寄给《滇池》。另外两篇给了《北京文学》。一篇是谈北方的水母娘娘的。还有一篇和四川省有点关系，题目是《葵·薤》。原来《十五从军征》里"井上生旅葵"的葵即冬苋菜；《薤露》里的薤即藠头。这两篇如发表，你可以看看。

《晚饭花集》去年十月即已交稿，人文原说今年四月可出书。不料到了六月，他们才发到印刷厂，估计今年都不一定出得来。

我今年只写了一篇小说《日规》，给了《雨花》。为了应付国庆三十五周年献礼节目，得看一些剧本，时间都被碎割了。我写长篇，本来是一句玩笑话，不料被人信以为真。好在写不出也不会杀头，好事者爱传就让他们传去吧。

你的病能否想法治治？你现在是不是也常

喷药？我还好，只血压有时偏高。

画了一张残荷，寄给你补壁。

候安！

曾祺

七月六日

920628　致范用[1]

范用同志：

近读《水浒》一过，随手写了一些诗，录奉一笑。这样写下去，可写几百首。

曾祺　顿首

六月二十八日

读《水浒传》诗

街前紫石净无瑕，血染芳魂怨落花。

1　范用（一九二三—二〇一〇），江苏镇江人。出版家。曾任人民出版社副社长、三联书店总经理。

丽质天生难自弃，岂堪闭户弄琵琶。

潘金莲

六月初三下大雪，王婆卖得一杯茶。
平生第一修行事，不许高墙碍杏花。

王婆

凤凰踏碎玉玲珑，发髻穿心一点红。
乞得赦书真浪子，吹箫直出五云中。

燕青

枉教人称豹子头，忍随俗吏打军州。
当年风雪山神庙，弹泪频磨丈八矛。

林冲

桃脸佳人一丈青，如何屈杀嫁王英。
宋江有意摧春色，异代千年怨不平。

扈三娘

寿张县里静无哗，游戏何妨乔作衙。

非是是非凭我断，到来不吃一杯茶。

李逵

五台山上剃光头，一点胡髭也不留。
放火杀人难掐数，忽闻潮信即归休。

鲁智深

致亲戚

810607　致汪海珊、汪丽纹[1]

海珊、丽纹：

　　来信收到。知道你们生活得很好，深以为慰。

　　刘子平已来了信。他受高邮负责文化、宣传的同志之托，问我愿不愿意回高邮看看，参加辅导性的座谈。我已经回了一封较长的信，说我久有此心，但时间一时不能决定。我受《人民文学》之约，三两天内大概要去承德，约住个把月，须俟回北京后，才能考虑下一步的行止。我希望争取秋凉时回来；否则就等到

1　汪海珊，又名汪曾庆，一九三八年生，江苏高邮人，作者异母弟。汪丽纹，一九四一年生，江苏高邮人，作者异母妹。

明年春天。我还得跟我们单位领导商量一下，看看工作上能否走得开。

我和刘子平同志说，我回来，希望能帮助家乡的文化工作者做一点事：一，搜集、整理秦少游的材料；二，调查一下高邮的历史情况，主要是宋代高邮的情况；三，调查高邮明代的一个散曲作家王磐的材料。如果高邮的负责文化、宣传的同志和你们谈起，你们可建议他们做一点准备工作。高邮原有一部县志，现在不知还能找到否？我回来，希望能引导故乡搞文化的青年做一点切实的工作，如果只是吹吹牛，没有多大意思。

娘已八十四岁（是虚岁吧），身体还很好，令人高兴。请上复她多多保重。

即候佳适！

曾祺

六月七日

810826　致汪海珊、汪丽纹

海珊、丽纹：

　　我从承德回来，又到青岛去住了半个月，回京后事又较忙，你们的来信未能即复，很抱歉。

　　关于我回乡事，刘子平已经给我来了信，我已复了。因为我今年夏天连续外出，为《人民文学》和《北京文学》写稿，没有给剧院做什么事，马上又开口要走开，有点不好意思，须等稍过几天，再向剧院领导提出。估计问题不大。你们建议我在重阳左右回来，我想再晚了也不行，要多带衣裳，殊为不便。

　　海珊的同学朱延庆说很想见见我，谈谈，我回来后一定约他晤谈。告诉他不要觉得紧

张。我不是什么大作家，人也很随便。同时告
他不要存多大希望，我是谈不出多少名堂来
的。他如有现成作品，我愿意看看。现在就寄
给我也行，等我回来看也行。

我的孩子汪朗随大姐到了高邮，听说你们
盛情款待了他一番，他回来后还一直称道活鳜
鱼和呛虾。我如果回来，请不要对我如此，你
们就给我准备一点臭苋菜秆子吧。——当然这
是说了玩的。没有臭苋菜秆子也行。你们送我
的礼物，都收到，谢谢！

《人民日报》约我写稿，我答应先写一篇
《故乡水》，从以前闹大水，写到今天的水利建设。
你们如知道有经过民国二十年，甚至民国十年
的大水的老人，请给我访访，我想找他们谈谈。

问娘和你们大家好！

曾祺

八月廿六日

820627　致汪丽纹

丽纹：

　　寄来我的小说选二十二本，请按扉页上所书人名代为分发。大姐姐、瑞纹的书我将直接寄到镇江万家巷。我向新华书店订了三百本，书店只给了我二百五十本，因此各处赠书只好稍打折扣。据出版社告诉我，外国对我的作品颇为注意，英国、美国都有人写了文章，美国还有一个什么"汪曾祺研究小组"，他们认为我很可能要出国，出国要带书，叫我无论如何要留一部分，免得到时候措手不及。我东送西送，存书已经不多，只好压下几十本。

小玲结婚，你们怎不事先告我？我想送她一点什么，也来不及了。等以后再说吧。

海珊为婚事托我给李县长写一封信，已写了，不知有无作用。这位老先生把李县长的名字写错了，写成"李顺兴"，我看陆建华开给我的赠书名单，应是"李舜心"。我的信上把人家的名字也写错了，真是抱歉。

我一切均好，只是文债丛集，应接不暇。前些时到四川玩了一趟，四川省作协为我们五个人花了四千块钱，怎么也得给人家写一点东西。江西、湖南、大连都约我去，我实在有点害怕了。下月可能要到河西走廊去走走。

你们送我的蟹油有一瓶还没有动，放在邻居家的冰箱里，也不知坏了没有。

我很想明年回高邮住几个月，不知能不能实现。

高大头给我来了几封信，我没有回。如有

人问起那篇小说[1]，你们解释一下：很多事是虚构，不要当作完全真有其事，这是小说，不是报道。

　　事忙，书甚草草。

　　问娘安好！问你们大家好！

大哥哥

六月廿七日

1　指作者小说《皮凤三楦房子》。

830118　致金家渝[1]

家渝：

　　前几天我正想给你写一封信，恰好今天收到你的信，这两天我身体又不太好，在家休息，没有做什么事，就先把这封信写了——过两天一忙，就又没有时间了（我没有什么病，只是血压不稳定，有时接近正常）。

　　想给你写信，是我忽然想起新风巷口打烧饼的那个"七拳半"。我对他这个外号很感兴趣，想起也许可以写一篇小说，通过这个人，

1　金家渝，一九三四年生，江苏高邮人，作者妹婿（妻汪丽纹）。

反映一下在新的经济政策之下，个体户的生活的变化。你帮我了解了解他的情况：他的身世，他家有几个人，他结婚了没有，他打烧饼的手艺如何，他跟哪些人来往，他业余有些什么兴趣，他说话有些什么习惯，他的"人缘"好不好，他晚上住在店里还是家里，……总而言之，有关他的一切。而且我很想了解一下类似这样的个体户的种种情况。这事不着急，你有空时打听打听即可。打听时不要露什么痕迹，不要告诉人了解这些干什么。我只想积累一些资料，这样间接了解，也是不大可能写出作品来的，像写出高大头那样的小说，是很偶然的。

陆建华找你了解那些事，是想写文章。他已经发表了有关我的好几篇论文，还想写一篇全面的《汪曾祺论》。其实写《论》也无须了解我的祖父、父母亲。他一定要问，你们可以把太爷、爷的名字告诉他。太爷的功名是"拔贡"，会看眼科——大概我们的祖先从安徽迁来时就是以眼科医生为业的。爷会画画，刻图章。爷的为人，可以让他向别人了解，我们自己家里人说起来不便。倒是可以告诉他，爷是很聪明的，手很巧，做什么事（比如糊个风筝）都很细心，很有耐心。我的小说写得比较讲究、不马虎，这大概倒是跟爷这点"遗传"有点关系。另外，爷的生活兴趣很广泛，我的小说的不少材料都是从爷那里得来的，小说里的一些人物都是爷的熟人、朋友……这些，只要不是"吹牛"，不妨跟他谈谈。但要向他说明，要写这些，也要写得准确、朴素一点，千万不要夸张。有些情况，他可找张廷猷、刘子平等人了解。甚至王小二子的儿子、保全堂原来的那个先生、连万顺家的人……都可以给他提供一点情况。小姑太爷要是愿意，也是可以谈谈的。你们斟酌着办吧，对陆建华适当掌握分寸就行了。而且，他如果确是为了写文章，你们可以跟他打个招呼，说："文章写出来最好让大哥过过目。"

海珊的对象怎么样了？来信没有提到，想来尚未定局。我还能给他出一点力么，比如再给什么人写信之类？

我去年一年旅行了很多地方。写了一篇新疆的游记，已经在《北京文学》发表，等我买到杂志，寄给你们看看。湖南的两篇游记过两个月也将发表，也会寄给你们，让你们了解了解我的情况，代替写信。今年我不想再到处跑了，但看来要去大连和庐山，因为他们已经约了我两三年。也许秋天还要到太湖去住十天。如到太湖，或许会到镇江和高邮看看。

我倒很想回高邮住一个较长时期。几个出版社都约我写长篇。我想写长篇，还只有写高邮。

今年出的年历不多，北京很少见到。我叫孩子上街看看，如有较好的，当买了给你们寄来。

刚才又来了几个约稿的客人，信被打断，不想再写，以后再写吧。

　　问娘好，问你们大家都好！

大哥

一月十八日

　　汪朗工作已分配，在财贸报，工作条件很好，请告诉娘放心。

830916　致汪丽纹、金家渝、汪海珊

丽纹、家渝、海珊：

　　我们搬家了，新址是：北京丰台区蒲黄榆路九号楼十二层一号。以后联系，请按新址。

　　我们都还好。我身体还是那样，心脏不太好，血压有时偏高。前几个月医生检查出我有慢性肝炎。别的没有什么，只是不能尽情喝酒为苦耳。——我还没有戒断，但是喝得很少了。

　　我一直想回高邮住住。想写一部反映高邮生活的长篇，也许以运河的变迁为主干。这得用几年工夫。原来想明年回来住几个月，看来不行了。明年我要写一部历史长篇小说《汉武

帝》。我随便和人民文学出版社的编辑说了说，不想他们认了真，已列入一九八五年的发稿计划，那么，后年争取回来。

《汪曾祺短篇小说集》以后，我又写了十八篇小说，够再编一个集子了。人民文学出版社订下了。今年十月下旬交稿，明年四月出书。书名《晚饭花集》。书出，当寄给你们。

近接孙潜信，说起"三舅妈"[1]曾请他吃了饭，语气中很带感情。他长期以来很不幸，受了很多折磨，现在也还不得意，很令人同情。

我这个月下旬应《钟山》太湖笔会之邀，将往苏州、无锡一带玩玩。名为"笔会"，实是江苏出版社花了钱请我们去吃吃螃蟹。别的地方请我，我都未应邀，因为怕吃了人家的，欠了一笔文债。《钟山》来请，我答应了，因

1　指作者继母任氏娘。孙潜是作者三姑妈的儿子。

为我已经为他们写了小说，他们总不好意思再要。最近一期《钟山》集中发表了我的小说和评论，你们可以找来看看。

汪朗、汪明都已结婚，顺告。

海珊的婚事如何了？

匆问安适！

问娘好！

曾祺

九月十六日

850927　致金家渝

家渝：

　　信收到。高邮要拍电视片，我颇为惊喜。半年前青年电影制片厂曾在口头上跟我约定，要把《大淖记事》拍成电影。现在他们忙于拍别的片子，以后也再没有派人来跟我谈过。拍电视片，又是一个县城拍，与他们的电影想无妨碍。不过我还是跟他们打个招呼为好。让我自己写电视片剧本，可以考虑，不过电视片的成败，相当大的程度决定于导演，其次是演员。不知高邮现在于导演、演员有何想法，我十月二日离京赴港，大约得二十日以后才能回来。高邮如有人想来京和我面谈，须在二十日以后。如果他们等不及，不妨自己先动手。电视片拟分几集，放映多长时间，他们该有个计划。拍不拍外景？现在的大淖拍外景不行，得另找地方。演员（主要是巧云和十一子）如果定了，最好让我看看他们的造型相片。《小开口》现在还有人会唱么？要把腔调搞一点录音资料——至于十一子所唱剧词，可以现编。你可以找导演谈谈，让他把有关电视片的设想写一封信给我。

《晚饭花集》尚未寄。我近来杂事甚多，顾不上做包装封函，等从香港回来再寄吧。先寄一本给你和丽纹（另函挂号寄）看看样子。

给娘请安，问你们好！

曾祺

九月廿七日

860115　致金家渝

家渝：

前天总算把《晚饭花集》寄出了。按你开的名单，分三包寄的。崔开元没有送，因为我不知道怎么称呼他。而且有小姑老爹一本，他们父子看看也就可以了。我估计小姑老爹是不会看的。

今天想想，似乎郑素英和汪奇芳没有送，兹补寄上，请转交。

这一本里有两篇涉及真人，一是高北溟，一是高大头。请代向故乡人解释：这是小说，不是报告文学，更不是传记，所写的事很多是虚构，希望大家不要信以为真，不要一件事一件事去核对。

珠江电影制片厂的导演胡炳榴（《乡情》和《乡音》的导演）想把《受戒》拍成电影。他们也许会到高邮来拍外景的。你找人了解了解，庵赵庄还能看出一点当年的痕迹么？那个庵子大概早没有了吧？高邮乡下有没有和我的小说所写的景色有点相似的地方？……

青年电影制片厂半年前曾说准备拍《大淖记事》，后来没有再来联系，也许"吹"了。

英国一出版商编《世界名人录》，把我收了进去，真没有想到。这件事你们知道就行了，不要广为宣传。

我三四月间也许会回高邮一次。高邮要成立文联，让我当名誉主席，还想借此机会搞一点活动，我原则上同意了。金实秋说会派一辆小车子到镇江去接我。我也许会拉了巧纹大姐一同回来。

我们都挺好。我的身体还可以。血压已正

常——有时偏低。我最近已停服降压药。

娘想看看我的孙女的照片，手头没有合适的。等我叫她妈找找，下次寄来。

娘身体如何？

你们都好吗？

事忙，不多写。

书收到后，望来一信。

即问

近祺！

曾祺

一月十五日

860307　致金家渝

家渝：

　　前天收到小姑老爹来信，他说你到他家拜年时，他又提起科甲巷房子的事。他还是认为这所房子是可以发还的。他说孙云霞家的五十几间房子经孙固申请，已发还。高邮的房产情况，我不了解。你们多找一些人探询一下，这房子有无发还可能。也可以找找孙固，问问他是通过什么机构，怎样申请的。孙固是大妈的侄子，我们年轻时是很熟的，你一提我和曾炜，他就会知道。小姑老爹说，需由你们向我写一委托书，由我出具证明，说明此房无房产纠纷。如有必要，我可以出此证明。但科甲巷房子原是三房公用，后来分了没有，我也不知道。如未分，尚需由大房的人出证明。曾炜远在东北，也问不了这些事。可由巧纹姐找汪璧二姐商量。房子能发回来，自然很好，你们住得实在太挤了！

高邮原说四月间请我回去，参加县文联成立的活动。近来未来信联系。高邮的事是说不准的。他们如不再请，四月间我准备应轻工报之约到河南去玩一趟。

如回来，希望你们能帮我搜集一点可供写作的材料。找一些老人谈谈家乡的风俗，从正月到腊月，怎样过节，吃些什么。我准备写一篇《高邮岁时记》。此外，如结婚、开吊……我都想了解了解。

我一切都好。血压已正常，有时偏低，现已停服降压药。

问娘好！问全家好！

曾祺

三月七日

860820　致金家渝

家渝：

　　七月三十日的信早收到，因我事忙，未即复。

　　关于申请发还弃留旧宅的信，我已经写了，约一个星期前发出，直接寄给了朱延庆，不知能不能起点作用。所谓旧宅，不知包括不包括大爷他们原住的房屋。如果包括，到临近落实前，应与汪璧二姐姐联系一下。真能发还，自是好事，但维修一下，也很不简单。到时候再说吧。

　　我秋凉之后，多半要回江苏一次。江苏作协已经邀请我几年了。时间大概在十月中吧。

主要是到南京，和江苏的作家见见。他们约我吃螃蟹，但江苏的螃蟹也小而且贵，对我的诱惑力不是很大。然而他们的情面不可却。我不一定回高邮。一来高邮的地方官会拉我到处讲话，我有点怵头；二来陪我同行的还有林斤澜，我最好不要丢开他而单独行动。——拉他到高邮来又没甚道理。如何行动，一个月后再定规吧。

高邮文联前来信，要搞一个"珠湖之秋"展览，让我把写在赠给文联的《晚饭花集》的扉页的一首诗写成条幅寄去，已如命。县里还要在国庆节搞书画展，我目前没有时间给他们写字、画画。——最近找我写字画画的人太多了，实在应接不暇。

我身体还好，精力还行。最近写了不少篇东西。前两天编完了我的一本创作谈和评论的集子，名曰《晚翠文谈》，交给浙江文艺出版社了，大概明年上半年能出版。下一步准备编一本散文集。中国文联出版公司约我出第三本小说集，现在字数还差得很多，起码要到明年下半年才行。

娘的精神见好，令人欣慰。陵纹搞养殖，怎么样？发了点小财了吗？

娘要卉卉的照片，她和她妈妈近日到外婆家去住了，我找不到她的较好较新的照片，手里现有两张，是黑白的，还是去年在天坛照的，照得也不好，先寄给你们看看吧。

实验小学的校牌、校徽等过些时候我再写了寄给你吧。我这一阵很忙，老是开会，而且来访的人也多起来了！

问娘好！问你们大家好！

曾祺

八月二十日

870129　致金家渝

家渝：

信收到。

我给朱延庆的《高邮风物志》写了一篇序，你可以给他送去，顺便问问房子的事。我希望这件事在娘的生日前解决。这样就可给娘布置一个比较像样的寿堂，好接受你们拜寿。——我建议你们都给娘磕头。为什么鞠躬文明，磕头就是"封建"呢！即使是封建，这一点封建是可以容许的。你把我这意思（不包括磕头）跟朱延庆说说。

房子的事，希望你们好好协商，不要伤了和气。

这处房子的产权，按说是属于我和曾炜的。曾炜不会争什么产权，但是你们要做得周到一点，至少要告诉一下汪璧二姐，让大妈也知道。必要时甚至可由曾炜和我出具文约，写明房屋地基由你们使用，免得将来出一些不必要的麻烦。

小敏脱离工厂，改换一下环境，我赞成。只是不知道调到《扬州日报》或电台，可能干什么具体工作。如果搞编辑、记者、播音员……还有点意思，如果是打杂、搞编务、收发，意思就不大。我在扬州还有一点影响，上次回江苏曾蒙市文联副主席接待，我还给《扬州文学》写了一篇短文。我可以给这位副主席写一封信。

即问　近佳。

给娘请安！给娘拜年！

曾祺

大年初一

序请朱延庆抄写或复印一份，将原稿还给我，我未留底。今年我要编一本散文集，也许会收进这一篇。又关于露筋晓月的传说，请朱延庆给我写一下，寄给我。我怕记不真切了。如此序入集，关于露筋晓月要加一注解。

911015　致金家渝

家渝：

　　你替我找找谈礼，问问太太是谈人格的女儿不是。我给吉林的《作家》写一组自传体的散文，已经写了两篇：《我的家乡》（已发表）、《我的家》，下一篇写《我的祖父祖母》，不要把太太的辈分搞错了。并问谈礼，他是谈人格的第几代孙子。

　　问问朱延庆等人，谈人格的诗文（主要是诗）还能不能找到一些。谈人格的诗写得很好，我在小说《李三》中曾引用过一首（是从县志里抄来的）。写祖母，最好连带着也涉及谈人格。

　　给小捷和红梅写的对子，拟了一副：

风传金羽捷（羽是箭的意思，捷字此处作动词用。）

雨湿小梅红

在高邮写了很多字，以为已经结束，不想到扬州、南京又写了很多。为扬州市政协写了一个中堂（实是一副对子）：

风和嫩绿柳

雨润小红箫（姜白石诗"小红低唱我吹箫"，我却把箫让小红吹了。）

朱延庆看见，后悔在高邮没有请我为高邮市政协写一幅字。到南宁后为高邮市政协礼堂写了一幅六尺宣纸的大横幅：

万家井灶

十里垂杨

有耆旧菁英

促膝华堂

茗椀谈笑间

看政通人和

物阜民康

字有吃面的碗口大，倒是很有气魄。

小捷很有才气，他的字很有希望，叫红梅督促他用功。让小捷学学作旧诗。写字老是抄唐诗，没劲。写自己的诗，字可以更有个性。写旧诗，不难，但要慢慢来。一开始总会不像样子，写写就好了。太爷就跟我说过："文从胡画起，诗从放屁来。"

小敏什么时候给我把"作业"寄来？

你和丽纹的三个孩子都很优秀，气质很好。我非常高兴。我叫他们改姓汪，不是没有道理，因为他们身上有汪淡如的遗传因子。

我和松卿高邮之行极为愉快，主要是你们家的人都那么"美"。

曾祺

十月十五日晨

（我写的一组《回乡杂咏》已给《雨花》，发表后让陆建华寄给你们。）

戎文凤市长：

　　我三年前回高邮时曾向市里打报告请求将当时为造纸厂占用、本属于我和堂弟汪曾炜名下的臭河边的房屋归还我们，迄今未见落实。这所房屋是我家分家时分给我和汪曾炜的房产。土改时我和曾炜都在外地，属职员成分。此房不应由他人长期占用。

　　近闻高邮来人云，造纸厂因经济效益差，准备停产。归还我们的房屋，此其时矣。我们

1　戎文凤，一九五〇年生，江苏高邮人。时任高邮市人民政府市长。

希望房管局落实政策，不要再另生枝节，将此房转租，另作他用。

　　曾祺老矣，犹冀有机会回乡，写一点有关家乡的作品，希望能有一枝之栖。区区愿望，竟如此难偿乎？

　　即致

敬礼！

汪曾祺

一九九三年五月三十日

林肯的鼻子

——美国家书

　　我们到伊里诺明州斯泼凌菲尔德市参观林肯故居。林肯居住过的房子正在修复。街道和几家邻居的住宅倒都已经修好了。街道上铺的是木板。几家邻居的房子也是木结构，样子差不多。一位穿了林肯时代服装（白洋布印黑色小碎花的膨起的长裙，同样颜色短袄，戴无指手套，手上还套一个线结的钱袋）的中年女士给我们作介绍。她的声音有点尖厉，话说得比较快，说得很多，滔滔不绝。也许林肯时代的妇女就是这样说话的。她说了一些与林肯无关的话，老是说她们姊妹的事。有一个林肯旧邻的后代也出来作了介绍。他也穿了林肯时代的服装，本色毛布的长过膝盖的外套，皮靴也是牛皮本色的，不上油。领口系了一条绿色的丝带。此人的话也很多，一边说，一边老是向右侧扬起脑袋，有点兴奋，又像有点愤世嫉俗。他说了一气，最后说："我是学过心理学的，我一看你的眼睛，就知道你说的是不是真话！——日安！"用一句北京话来说：这是哪儿跟哪儿呀？此人道罢日安，翩然而去，由印花布女士继续介绍。她最后说："林肯是伟大的政治家，但在生活上是个无赖。"我真有点怀疑我的耳朵。

第二天上午，参观林肯墓，墓的地点很好，很空旷，墓前是一片草坪，更前是很多高大的树。

这天步兵——四旅特地给国际写作计划的作家们表演了升旗仪式。两个穿了当年的蓝色薄呢制服的队长模样的军人在旗杆前等着。其中一个挎了红缎子的值星带，佩指挥刀。在军鼓和小号声中走来一队士兵，也都穿蓝呢子制服。所谓一队，其实只有七个人。前面两个，一个打着美国国旗，一个打着州旗。当中三个背着长枪。最后两个，一个打鼓，一个吹号。走得很有节拍，但是轻轻松松的。立定之后，向左转，架好长枪。喊口令的就是那个吹小号的，他的军帽后边露着雪白的头发，大概岁数不小了。口令声音很轻，并不大声怒喝……口令是要练的。我在昆明时，每天清晨听见第五军校的学生练口令，那么多人一同怒吼，真是惊天动地。一声"升旗"后，老兵自己吹了号，号音有点像中国的"三环号"。那两个队长举手敬礼，国旗和州旗升上去。一会儿工夫，仪式就完了，士兵列队走去，小号吹起来，吹的是"咭里鲁亚"。打鼓的这回不是打的鼓面，只是用两根鼓棒敲着鼓边。这个升旗仪式既不威武雄壮，也并不怎么庄严肃穆。说是形同儿戏，那倒也不是。只能说这是美国式的仪式，比较随便。

林肯墓是一座白花岗石的方塔形的建筑，墓前有林肯的立像。两侧各有一组内战英雄的群像。一组在举旗挺进；一组有扬蹄的战马。墓基前数步，石座上还有一个很大的林肯的铜铸的头像。

我觉得林肯墓是好看的，清清爽爽，干干净净。一位法国作家说他到过南京，看过中山陵，说林肯墓和中山陵不能相比。——中山陵有气魄。我说："不同的风格。"——"对，完全不同的风格！"他不知道林肯墓是"墓"，中山陵是"陵"呀。

我们到墓里看了一圈。这里葬着林肯、林肯的夫人，还有他的三个儿子。正中还有一个林肯坐在椅子里的铜像。他的三个儿子都有一个铜像，但较小。林肯的儿子极像林肯。纪念林肯，同时纪念他的家属，这也是一种美国式的思想。——这里倒没有林肯的"亲密战友"

的任何名字和形象。

走出墓道，看到好些人去摸林肯的鼻子——头像的鼻子。有带着孩子的，把孩子举起来，孩子就高高兴兴地去摸。林肯的头像外面原来是镀了一层黑颜色的，他的鼻子被摸得多了，露出里面的黄铜，锃亮锃亮的。为什么要去摸林肯的鼻子？我想原来只是因为林肯的鼻子很突出，后来就成了一种迷信，说是摸了会有好运气。好几位作家握着林肯的鼻子照了相。他们叫我也照一张，我笑了笑，摇摇头。

归途中路过诗人艾德加·李·马斯特的故居。马斯特对林肯的一些观点是不同意的。我问接待我们的一位女士：马斯特究竟不同意林肯的哪些观点，她说她也不清楚，只知道他们关系不好。我说："你们不管他们观点有什么分歧，都一样地纪念，是不是？"她说："只要是对人类文化有过贡献的，我们都纪念，不管他们的关系好不好。"我说:"这大概就是美国的民主。"她说:"你说的很好。"我说:"我不赞成大家去摸林肯的鼻子。"她说:"我也不赞成!"

途次又经桑德堡故居。对桑德堡,中国的读者比较熟悉,他的短诗《雾》是传诵很广的。桑德堡写过长诗《林肯——在战争年代》。他是赞成林肯观点的。

回到住处,我想:摸林肯的鼻子,到底要得要不得?最后的结论是:这还是要得的。谁的鼻子都可以摸,林肯的鼻子也可以摸。没有一个人的鼻子是神圣的。林肯有一句名言:"All men are created equal."我还想到,自由、平等、博爱,是不可分割的概念。自由,是以平等为前提的。……

让我们平等地摸别人的鼻子,也让别人摸。

一九八七年十月一日 爱荷华